KB114016

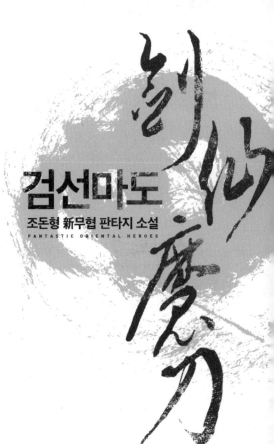

검선마도

조돈형 新무협 판타지 소설

FANTASTIC ORIENTAL HEROES

검선마도 7

조돈형 新무협 판타지 소설

초판 1쇄 찍은 날 § 2019년 7월 16일
초판 1쇄 펴낸 날 § 2019년 7월 23일

지은이 § 조돈형
펴낸이 § 서경석

총괄팀장 § 노종아
편집책임 § 김대용

펴낸곳 § 도서출판 청어람
등록번호 § 제387-1999-000006호
등록일자 § 1999. 5. 31
어람번호 § 제2-2800호

주소 § 경기도 부천시 부일로 483번길 40 서경B/D 3F (우) 14640
전화 § 032-656-4452 팩스 § 032-656-4453
http://www.chungeoram.com
E-mail § chungeorambook@daum.net

ⓒ 조돈형, 2019

ISBN 979-11-04-92026-4 04810
ISBN 979-11-04-91930-5 (세트)

검선마도

조돈형 新무협 판타지 소설
FANTASTIC ORIENTAL HEROES

7

제45장

천마동부(天魔洞府)

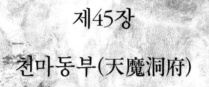

　가장 먼저 천마동부에 입성한 곳은 패천마궁이었다.

　패천마궁은 어쩌면 천마 조사가 잠들어 있을 가능성이 높은 신성한 장소에 첫발을 내딛는 영광을 빼앗기는 일은 결코 있을 수 없는 일이라 강력하게 주장하며 선봉을 원했다.

　정무련은 두말없이 동의했다.

　지금까지의 경험상 천마동부에도 만만치 않은 위험이 내재되어 있을 터였다. 그런 상황에서 선봉을 맡겠다고 하니 말릴 이유가 없었다.

　동굴 입구는 인공적인 요소가 전혀 느껴지지 않았지만 막상 내부에 들어서자 곧바로 사람의 손길이 느껴졌다.

우선 바닥부터가 달랐다.

거칠고 굴곡이 심한 동굴 천장, 벽과는 달리 바닥에는 화강암 재질의 박석(薄石—얇고 넓적하게 뜬 돌로)이 깔려 있었다.

길게 이어진 통로 또한 세 사람이 어깨를 나란히 하고 갈 수 없을 정도로 제법 넓었는데 인위적으로 넓힌 흔적이 곳곳에 보였다.

통로 좌우 벽에는 일정한 간격으로 커다란 등잔대가 설치되어 있었는데 횃불을 가져가자 상당수에서 불이 타올랐다.

선봉을 맡은 패천마궁에서 가장 앞서 걷는 사람은 놀랍게도 대장로 곡한이었다. 그는 오직 코앞을 밝힐 횃불 하나를 앞세우며 거침없이 앞으로 나아갔다.

엄청난 위험이 있을 것이란 모두의 예상이 깨졌다. 아니, 위험이 내재되어 있기는 했지만 그들에겐 위협이 되지 않았다는 것이 정확할 것이다. 천마동부를 지키고 있던 것으로 예상되는 기관매복들이 모조리 박살이 나 있었기 때문이었다.

짧은 시간, 그들이 통과한 기관매복과 각종 함정은 십수 개가 넘었다.

쩍쩍 갈라진 바닥에 창날이 거꾸로 솟구쳐 오른 곳, 좌우 벽에 한 자 길이의 쇠뇌가 무수히 박혀 있던 곳, 수십 자루의 검이 벽을 뚫고 나온 곳, 천장이 그대로 무너져 내린 곳도 있었고 수백 개의 암기가 아무렇게나 널려 있는 곳도 있었다.

철저하게 박살 난 함정을 지나칠 때마다 다들 식은땀을 흘렸다. 만약 눈앞의 기관매복이 멀쩡히 작동을 했다면 과연 몇이나 살아서 통과를 할 수 있을까. 애당초 통과를 할 수 있을지부터 의심스러웠다.

그것을 증명이라도 하듯 함정 주변엔 엄청난 시신들이 널려 있었다. 이미 백골이 되어버려 그들의 정체를 알 수는 없었지만 언뜻 보아도 백여 구는 족히 더 되어 보였다.

사람들은 백골이 된 시신을 그냥 지나치지 않았다.

앞서 백골 사이에서 검존의 무공과 적룡마존의 무공 비급을 찾아낸 것처럼 혹시라도 또 다른 누군가의 무공 비급이 있을지도 모른다는 생각에 서로의 눈치를 살피며 백골 주변을 철저하게 살폈으나 노력만큼의 성과는 없었다.

정상적인 상태라면 통과를 장담할 수 없는 상황, 하지만 정체 모를 자들이 십수 개의 기관매복과 함정 등을 철저히 파괴해 준 덕에 일행은 단 한 명의 사고도 없이 천마총, 정확히는 천마동부의 중심이라 할 수 있는 거대한 동공(洞空)에 도착할 수 있었다.

준비해 온 횃불이 곳곳에 설치되고 촘촘히 늘어선 등잔대에서도 불길이 피어오르면서 거대한 동공이 그 위용을 드러내기 시작했다.

원형의 천장에서 바닥까지의 높이는 언뜻 보아도 이십여 장은 되어 보였고 좌우 폭은 거의 오십여 장에 이르는 엄청난 규모였다.

하지만 그뿐이었다. 텅 빈 동공에 남아 있는 것은 엄청난 수의 시신뿐이었다. 기관매복에 당한 이들보다 족히 배는 됨 직한 인원이 모두 백골이 되어 쓰러져 있었다.

다만 기관매복에 당한 이들이 온전한 시신, 백골을 남겼다면 동공에 쓰러져 있는 시신들은 멀쩡한 것이 거의 없었다.

목이 날아가고, 사지가 절단되고, 형체도 알아보지 못할 정도로 산산조각이 나서 흩어진 시신이 대부분이었다.

시신들의 상태와 부러진 병장기들, 곳곳에 파인 흔적들로 보건대 아마도 큰 충돌이 있었던 것 같았다.

동공의 맞은편 끝까지 횃불이 도착하며 동공을 진동시키는 소리의 원인이 확인되었다.

폭포였다.

동공의 입구와 정반대쪽 천장에선 거대한 물줄기가 쏟아져 내리고 있었다.

아마도 분지 중앙을 가로지르는 냇물에서 이어지는 것으로 생각되는 물줄기는 바닥에 커다란 물웅덩이를 만들어냈고 물웅덩이는 다시 어디로 흘러가는지 알 길이 없는 호수로 이어졌다.

"이거 미친 거 아냐?"

풍월이 천장에서 떨어지는 폭포와 그 밑에 있는 호수를 바라보며 어이없다는 표정을 지었다.

"뭐가?"

어깨를 나란히 하고 있던 구양봉이 폭포에 시선을 고정시킨 채 물었다.

"어떤 정신 나간 인간이 무덤을 이런 곳에 만들어? 무덤 근처에 수맥(水脈)만 지나가도 근심을 하는데 폭포에, 호수라니 상식적으로 이해가 안 되잖아. 천마 정도 되는 인물이 이런 퀴퀴한 곳에 자신의 안식처를 만드는 것도 이상하고. 벌레 기어 다니는 것 봐라."

풍월이 자신의 발밑을 스쳐 지나가는 노래기를 발끝으로 툭 건드리며 말했다.

나름 목소리를 낮춘다고 낮춘 것이나 상당수의 사람들이 풍월의 말을 들었다. 그중에는 순후도 있었다.

"완성된 것이 아니라 그런 것이겠지."

순후가 풍월을 향해 걸어오며 말을 이었다.

"천마 조사께서 천마성을 세우고 실종되시기까지 삼 년, 그 짧은 시간에 뭔가를 완성하기엔 이곳의 규모가 너무 크다고 생각하지 않나? 별달리 꾸며진 장식도 없고."

"애당초 이런 곳이……."

"습기? 저 폭포는 분지를 관통하는 냇물의 물줄기를 바꾸면 간단히 해결이 되지. 유입되는 물이 없으면 자연적으로 저 호수도 사라질 것이고. 더불어 습기를 없앨 각종 방법이 동원될 것으로 보네만. 음, 이미 준비를 했었군. 따라와 보게."

순후가 풍월을 이끌고 동공의 좌측으로 움직였다.

몇몇 사람들 또한 덩달아 그들을 따라 이동했다.

"이걸 보게나."

순후가 동공 한쪽에 산처럼 쌓여 있는 검은 흙을 가리켰다.

"이게 무엇처럼 보이나?"

"흙 아닙니까? 그런데 이렇게 검은 흙도 있답니까? 꽤나 부드럽네요."

풍월이 흙을 만지며 물었다.

"흙이 아니라 숯이 오랫동안 습기를 먹다가 그리 변한 것이라네. 아마도 이곳의 습기를 잡기 위해 준비했던 것으로 보이네만… 그리고 여길 잘 보게."

순후가 바닥을 가리켰다.

바닥엔 엄지손가락 두께 정도로 파진 홈이 사방으로 퍼져 있었다. 그리고 그 홈에는 은색 광택의 액체가 가득했다.

"나라면 만지지 않겠네."

순후의 경고에 손을 뻗던 풍월이 냉큼 손을 거뒀다.

"이게 뭡니까?"

풍월의 물음에 답은 순후가 아니란 뒤쪽에서 흘러나왔다.

"수은이라네."

풍월이 고개를 돌렸다.

어느새 풍월의 곁으로 다가온 당하곤이 놀랍다는 표정으로 사방으로 뻗어 있는 홈과, 거기에 가득 담겨져 있는 수은을 바라보았다.

"대체 어디서 이 많은 양의 수은을 구했단 말인가."

"수은이라면 독 아닙니까? 그걸 왜 이곳에……."

풍월이 고개를 갸웃거리자 당하곤이 순후에게 양해를 구한 후 입을 열었다.

"독성이 강하기는 하지만 무작정 독이라고 하기엔 무리지. 오히려 제대로 연단하여 약으로도 쓰이니까. 도금을 할 때 주로 쓰이기도 하고. 하지만 이곳에 수은이 있는 이유는 하나, 아니, 둘이려나."

"그게 뭡니까?"

풍월의 물음에 잠시 뜸을 들이던 당하곤이 천천히 입을 열었다.

"그 옛날, 사마천이 지은 사기에 시황제의 능이 언급되어 있는데 수은으로 강과 바다를 만들었다는 구절이 있네. 아마도 수은 자체가 가진 독성으로 인해 외부의 침입을 막고 부패를 방지하는 효과를 기대했던 것으로 보이네."

"그럼 여기에 수은이 있는 것도 그런 이유란 말입니까?"

"그렇게 예상하네. 그게 아니면 이렇게 많은 수은이 이곳에 있을 이유가 없으니까."

순후가 설명을 덧붙였다.

"그것 말고도 여러 방안을 강구했을 것이야. 무슨 이유에서인지 제대로 완성되지 않은 채 버려졌지만."

"이유야 뻔하지요. 저렇게 널브러진 시신들을 보면."

풍월이 동공 곳곳에 쓰러져 있는 시신들을 가리키며 말했다.

"그런데 정말 궁금하네요. 대체 무슨 일이 있었던 것인지, 저들은 대체 누구며, 어째서 이곳까지 공격을 했는지 말입니다."

"찾다 보면 뭔가 알 수 있겠지."

순후의 말대로 사방으로 흩어진 정무련과 패천마궁의 무인들이 동공에 쓰러진 시신들과 동공 내부에 별실처럼 만들어진 동굴들을 샅샅이 살피고 있었다.

그때였다.

"군사님!"

시신을 살피던 누군가가 순후를 불렀다.

순후가 황급히 그곳을 향해 달려갔다. 흑귀대주와 대원들이 즉시 따라붙었다.

"무슨 일이냐?"

"이것을 좀 보십시오."

사내, 묵영단원 안갑이 커다란 금환(金環) 하나를 건넸다.

금환엔 금방이라도 살아 움직일 것 같은 아수라의 형상이 양각으로 새겨져 있었다.

순후가 미간을 찌푸렸다.

처음 보는 물건임에도 이상하게 낯설지가 않았다.

"수라… 마환."

순후가 기억을 더듬으며 조용히 중얼거렸다.

그의 말이 끝나기도 전, 어느샌가 문도들을 이끌고 나타난 수라검문의 문주 전위가 격정으로 가득 찬 눈빛으로 금환을 바라보고 있었다.

"구, 군사. 내, 내가 확인해 봐도 되겠소?"

순후가 가만히 그의 표정을 살폈다.

정중히 부탁을 하고는 있었지만 거절은 절대 용납하지 않겠다는 강한 의지가 담긴 눈빛이다.

그의 눈빛에서 심상치 않은 기운을 느낀 것인지 흑귀대주 흑암이 어느샌가 순후의 앞을 막아서고 있었다.

패천마궁의 군사라는 지위를 감안했을 때 평소라면 언감생심 꿈도 꾸지 못할 태도였으나 순후는 전위의 행동을 충분히 이해하고 용납할 수 있었다.

'내가 그의 입장이라도 이렇게 행동하겠지.'

쓰게 웃은 순후가 슬쩍 고개를 끄덕이자 흑암이 한 걸음 물러났다.

순후가 금환을 전위에게 건넸다.

전위는 덜덜 떨리는 손으로 금환을 받아 들고는 한참 동안이나 이리저리 만지고 살핀 뒤에야 손목에 끼었다. 그러고는 수라검문의 독문내공심법인 아수라역혈기공을 차분히 운기했다.

전위의 몸에서 무시무시한 기운이 뿜어져 나오기 시작하자 조금 뒤로 물러난 순후는 더없이 진지한 얼굴로 전위와 그가 착용하고 있는 금환을 바라보았다.

'과연 성공할 것인가?'

자신의 눈이 틀리지 않았다는 전제하에 지금 전위의 손목에 차고 있는 금환은 보통 물건이 아니었다.

금환의 정식 명칭은 수라마환(修羅魔環), 혹은 수라마검(修羅魔劍)이라 불렸다.

평소에는 지금처럼 금환의 모양을 하고 있지만 착용자가 아수라역혈기공을 운용하고 그 힘을 금환에 주입하면 검의 형태로 변한다.

날카로움을 따지자면 가히 베지 못하는 것이 없었고, 주인의 내력을 증폭시켜 뿜어냄으로써 본신의 능력보다 훨씬 뛰어난 실력을 발휘하게끔 만드는 신병.

하지만 착용자가 아수라역혈기공을 운용하고 그 힘을 주입한다고 무조건 반응하지는 않았다.

수라마환은 놀랍게도 스스로 주인을 찾는다. 그리고 그 주인과 공명을 할 때 비로소 제 모습을 드러낸다. 해서 역대 수라검문의 주인은 오직 수라마환의 선택을 받은 자만이 될 수 있었다.

수라마환의 마지막 주인은 팔대마존 서열 삼위의 수라마존이었고 그의 실종과 더불어 수라마환 역시 세상에서 사라졌다.

'틀렸군.'

한참이 흘렀음에도 별다른 반응을 보이지 않는 것을 보며 고개를 저었다.

혼신의 힘을 다해 아수라역혈기공을 운용하던 전위 또한 시간이 지나도 손에 착용한 수라마환에서 아무런 변화가 없자 결국 고개를 떨구고 말았다.

"유감입니다, 문주."

순후가 낙심한 표정으로 서 있는 전위를 위로하며 손을 내밀었다.

"무, 무슨 뜻이오, 군사?"

전위가 당황한 눈빛으로 물었다.

"일단은 제가 관리토록 하겠습니다."

"군사도 알다시피 이건 분명 본문의 보물이자 문주를 상징하는 수라마환이오."

"확인하지 못했습니다."

순후가 냉정하게 말을 잘랐다.

"어째서 본문의 보물을 강탈하려는 것이오? 이건 분명……"

거세게 항의하던 전위가 흠칫 놀라며 입을 다물었다. 차갑게 가라앉은 순후의 눈빛과 어느새 그의 곁으로 다가와 팔짱을 끼고 서 있는 곡한을 본 까닭이다.

"지금 강탈이라 하였나?"

곡한이 조용히 물었다.

"아, 아니네. 노부가 말실수를 했군."

전위가 납작 엎드렸다. 비록 그가 수라검문의 문주라 해도 오대장로 중 수장인 곡한의 위세에 비할 바는 아니었다.

"문주님의 심정을 모르지 않는 바, 지금의 언행은 문제 삼지 않도록 하겠습니다."

"고, 고맙네."

전위가 순후를 향해 다시금 고개를 숙였다. 하지만 수라마환에 대한 욕심을 버릴 수는 없었다.

"미안하네만 마지막으로 기회를 한 번 더 주겠나?"

"기회라면 누구에게……"

순후가 미간을 찌푸리는 사이 전위가 자신이 차고 있던 수라마환을 엽무강의 손목에 채웠다.

"사, 사부님."

엽무강이 당황하여 사부를 불렀다.

"아수라역혈기공을 운용하여라."

"하지만……."

엽무강이 머뭇거리며 살피자 전위가 불같이 화를 냈다.

"어서!"

전위의 간절한 눈빛을 확인한 엽무강이 입술을 꽉 깨물었다.

그는 자신의 손목에 차고 있는 수라마환이 수라검문 있어 어떤 의미인지도 너무도 잘 알고 있었다.

수라마환은 세상 사람들이 아는 것처럼 단순히 문주를 상징하는 신병이 아니다.

수라검문의 시작이요, 끝이라 할 수 있었다.

그런 수라마환이 남의 손에 들어가는 것은, 설사 그곳이 패천마궁이라 할지라도 결코 용납할 수 없는 일이었다.

심호흡을 한 엽무강이 수라역혈기공을 운용하기 시작했다.

수라마환에게 자신의 간절한 마음이 닿기를 간절히 바라면서.

우우우웅.

엽무강의 마음이 전해진 것인지 부드러운 공명음과 함께 수라마환이 진동하기 시작했다.

수라마환이 반응을 시작했다는 것을 아는지 모르는지 엽무강은 그저 아수라역혈기공을 운용하는 데 전력을 다했다.

우우우웅!

공명음이 한층 더 커지며 수라마환에서 뿜어진 빛이 수라마환과 엽무강을 부드럽게 에워쌌다.

"아!"

수라마환의 변화에 전위의 얼굴이 환희로 가득했다.

당장에라도 환호성을 지르며 제자의 성공을 기뻐하고 싶었지만 아직 완벽하지 않은 상황에서 행여나 방해가 될까 필사적으로 기쁨을 억눌렀다.

그렇게 얼마의 시간이 흘렀을까.

엽무강의 기운이 폭발적으로 증가하는가 싶더니 수라마환에서 지금과는 비교도 되지 않는 빛이 사방으로 폭사했다.

엽무강을 지켜보던 이들이 깜짝 놀라 고개를 돌리거나 황급히 눈을 가릴 정도로 강렬한 빛.

그 빛이 사라졌을 때 엽무강의 손엔 수라마환이 아닌 수라마검이 들려 있었다.

긴 호흡과 함께 천천히 눈을 뜬 엽무강은 자신의 손에 들린 수라마검을 지그시 바라보았다.

"이놈아!"

전위가 다가와 엽무강의 양팔을 잡았다.

"사부님."

"애썼다, 애썼어."

전위의 눈에선 하염없이 눈물이 흘렀다.

자신의 무능으로 인해 수백 년 만에 겨우 찾아낸 문파의 보물을 강탈당할 뻔했다가 제자의 활약 덕분에 겨우 지켜낼 수 있게 된 것이다.

"아쉽게 되었습니다."

순후가 엽무강의 손에 들린 수라마검을 보며 입맛을 다셨다.

"아쉬울 것 없다. 수라마검은 어차피 아수라역혈기공이 아니면 반응하지 않는다. 단지 날카로움이 남다른 검일 뿐이야."

곡한의 말에 순후가 쓴웃음을 지었다.

"애당초 수라마검을 가지고 뭔가를 해볼 생각은 없었습니다. 그저 수라마검이 수라검문으로 가려는 것을 막으려 했을 뿐이지요."

"무슨 의미냐?"

곡한이 미간을 찌푸리며 물었다.

"수라검문은 지금의 위치가 적당하다는 말입니다. 하지만 수라마검을 되찾았으니 이제는 변하려 하겠지요."

"음."

곡한은 순후가 하려는 말을 이해했다.

천마 조사와 팔대마존이 사라진 후, 패천마궁이 다른 세력들을 물리치고 패권을 차지한 이유는 간단했다.

유아독존적인 성격이 강했던 다른 마존들에 비해 패천마존은 자신의 제자들을 훈육하는 데 심혈을 기울였다. 무공 비급도 고스란히 남겼다.

그 차이는 컸다.

비록 완벽하진 않을지라도 패천마존에게 많은 가르침을 받은 패천마존의 제자들은 다른 마존의 후예들을 상대함에 있어 확실하게 우위를 가져갈 수 있었고 결국 마도의 패자가 되었다.

한데 수라검문을 상징하는 수라마검이 발견되었다. 또한 수라마검이 주인을 택했다.

이는 상당히 의미가 있는 일이다.

수라마검이 무엇이던가. 단순히 수라검문을 상징하는 것을 넘어 선택받은 주인으로 하여금 원래보다 훨씬 뛰어난 실력을 발휘하게끔 만드는 신병이다. 당장 엽무강의 깊게 가라앉은 눈빛이나 전신에서 은은히 풍기는 기운이 이전과는 확연히 달랐다.

"군사 말대로 노력은 하겠지. 적룡마존의 무공 비급을 얻은 적룡무가 역시 마찬가지고. 하지만 오랜 시간 동안 쌓아올린 패천마궁의 힘은 그리 간단치가 않아."

"그렇긴 하지요. 그냥 쓸데없는 잡생각이었습니다."

순후가 멋쩍은 웃음을 흘리며 몸을 돌렸다.

하지만 곡한은 안다. 순후가 저리 촉각을 곤두세우는 이유는 패천마궁의 군사로서 패천마궁의 권위에 도전할 가능성이 있는 그 어떤 변수도 용납하지 않기 위함이라는 것을. 수라마검과 적룡마존의 무공 비급은 충분히 변수가 될 만하기에 저리 신경을 쓴다는 것을.

곡한은 순후의 뒷모습을 보며 따뜻한 눈길을 보냈다.

약간은 굽은 듯한 등이 그렇게 듬직할 수가 없었다.

수라마존의 유물이 발견되면서 동공의 분위기는 한층 더 뜨겁게 달아올랐다.

동공 곳곳에 쓰러져 있는 백골과 그 주변을 살피던 이들은 행여나 놓치는 것이 있는지 눈에 불을 켜고 샅샅이 살폈다.

낡아 찢어진 옷은 물론이고 조각난 병장기의 조각도 매의 눈으로 살피고 또 살폈다. 수라마검이 발견된 이상 다른 마존들의 유품이 발견될 가능성이 충분했기 때문이었다.

그러나 한참을 살펴도 더 이상의 소득은 없었다. 몇 가지 쓸 만한 병장기를 발견한 것이 전부였다. 대신 동공 곳곳에 별실처럼 만들어진 동굴에선 제법 소득이 있었다.

아직 미완성인 동공과는 달리 별실처럼 만들어진 동굴의 대부분은 완성이 되어 있었고, 천마성에 보관되었던 무공 비급이나 병장기, 금은보화 등의 일부가 이미 옮겨져 있었다.

병장기나 금은보화는 물론이고 무공 비급의 상태도 관리가 거의 되지 않은 동공의 상태를 감안했을 때 상당히 양호했다.

무엇보다 고무적인 것은 그들이 발견한 무공 비급의 종류가 마도에 국한된 것이 아니라는 점이다.

천마 조사와 그를 추종하는 팔대마존은 천마성을 세우는 과정에서 정, 사, 마를 가리지 않고 수없이 많은 고수들, 문파와 세력들을 쓰러뜨리면서 그들의 무공과 병장기, 보물을 취했다.

제갈중과 순후는 별도의 동굴에서 정파의 무공 비급과 병장기들이 대거 발견되자 내심 안도의 한숨을 내쉬었다.

어느 정도 합의점을 찾았다고는 해도 사람의 욕심이라는 것이 그렇지 않은 법. 동공에서 찾아낸 유물을 어찌 나눠야 할지 걱정이 태산이었는데 각 동굴에서 발견된 무공 비급의 종류와 보물의 양을 감안했을 때 큰 이견이 없을 것 같았다.

그럼에도 불구하고 아쉬움이 컸다.

동공 그 어느 곳을 찾아봐도 천마 조사의 유품이나 유물, 흔적이 전혀 남아 있지 않기 때문이었다. 물론 동공 곳곳에 쓰러진 시신들이 정황상 천마 조사가 손을 쓴 것이 거의 확실

시되기는 하나 그 또한 가정일 뿐 정확하지 않았다.

"이쯤하면 찾아볼 곳은 다 찾아본 것 같습니다. 이제 철수하는 것이 어떻겠습니까?"

제갈중이 수하들의 보고를 받고 있는 순후에게 제안했다.

"그래야지요. 그래도 완전히 철수를 할 수는 없습니다."

"더 찾아보시려는 겁니까?"

제갈중의 물음에 순후가 가만히 고개를 저었다.

"오해하셨군요. 가주께서도 살펴보시지 않았습니까? 무의미한 미련은 없습니다. 다만 비록 천마 조사님의 흔적은 찾지 못했으나 이곳은 본궁의 성지입니다. 해서 이제부터라도 관리를 해서 잘 보전하겠다는 뜻입니다. 쓸데없는 자들이 행여나 성지를 더럽히는 것도 막아야 하고요. 물론 지금 당장은 준비도 부족하니 천마동부 밖에서 대기토록 해야겠지만요."

"그렇군요."

제갈중은 이해했다는 얼굴로 고개를 끄덕였다.

그들이 대화를 나누고 잠시 후, 정무련과 패천마궁의 합의하에 천마동부에 들어왔던 인원 모두가 밖으로 나왔다.

"나, 나온다! 나옵니다."

천마동부를 지켜보고 있던 자들의 입에서 환호성이 터져나왔다. 주변에서 초조하게 대기하고 있던 이들이 일제히 몰려들었다.

남궁세가의 식솔들을 필두로 천마동부에 들었던 무인들이 하나 둘 천마동부를 빠져나왔다. 고작 반나절, 시간상으로 그다지 길지 않았음에도 다들 피곤한 기색이 역력했다.

"찾았습니까?"

천마동부 밖에서 기다리고 있던 이장로 궁천위가 달려와 물었다.

"찾지 못했네."

곡한이 고개를 젓자 궁천위의 얼굴이 실망감으로 물들었다.

"그래도 소득이 전혀 없지는 않았습니다. 수라마검도 찾았고, 과거 천마 조사님을 따르던 이들의 무공도 다수 찾아냈습니다."

순후의 말에 궁천위의 낯빛이 확 변했다.

"수라마검이라면 수라마존의……."

"맞습니다. 수라검문을 상징하는 검이지요."

"음, 그래서 저리 상기되어 있었군."

궁천위가 전체적으로 들뜬 분위기에 사로잡혀 있는 수라검문을 약간은 못마땅한 얼굴로 바라보며 말했다.

"저리 놔둬도 되겠느냐?"

"저도 같은 걱정을 했습니다만 대장로님께서 제게 이런 말씀을 해주셨습니다."

"어떤……."

궁천위가 곡한에게 시선을 주며 물었다.

"패천마궁은 약하지 않다고요."

순후의 말에 궁천위가 피식 웃음을 터뜨렸다.

"가장 단순하면서 명료한 대답을 해주셨군. 맞다. 본궁은 결코 약하지 않아."

"은근히 궁금하네요. 수라마검을 통해 펼치는 수라검문의 무공이 과연 어떨지요."

슬며시 곁으로 다가온 오장로 냉휴상이 호승심 가득한 얼굴로 말했다.

"그건 차차 알아가도록 하고 우선 정무련 쪽하고 얘기를 해야 하지 않겠느냐? 아니면 천문동을 나간 후에 얘기를 할 테냐?"

곡한의 물음에 순후가 정무련의 수뇌들을 향해 고개를 돌리며 말했다.

"우선 이곳에서 나누는 것이 나을 듯싶습니다. 사람이 많을수록 일만 복잡해지니까요. 잠시 얘기를 나누고 오겠습니다."

순후가 정무련 쪽으로 걸음을 옮기자 흑귀대주 흑암이 뒤를 따랐다. 흑귀대원들도 따라붙으려 하였으나 괜히 어색한 분위기를 만들까 걱정한 순후가 눈짓을 보내자 흑암이 그들을 제지했다.

"어서 오시구려, 군사."

남궁무백이 순후를 반겼다.

"저것들 때문에 오시었소?"

남궁무백이 천마동부에서 가지고 온 각종 무공 비급과 병장기, 금은보화를 분류하고 있는 곳을 가리키며 물었다.

"예, 가급적이면 이곳에서 해결을 하는 것이 좋을 것 같습니다만."

"같은 생각이오. 눈이 빠져라 기다리는 사람들에겐 조금 미안한 일이긴 하나 사공이 많으면 배가 산으로 가는 법. 이곳에서 조율을 마칩시다."

남궁무백이 껄껄 웃으며 말했다.

큰 틀에서 합의가 되자 이후의 상황은 빠르게 진행됐다.

보다 많은 무공 비급과 병장기, 금은보화를 얻기 위해 자잘한 의견 충돌은 수시로 있었지만 크게 문제가 되지는 않았다.

생각보다 분위기는 좋았고 일 처리 또한 좋은 분위기만큼이나 빠르고 정확하게 이어졌다.

하지만 주변 환경이 급작스럽게 변하면서 좋았던 분위기는 순식간에 깨지고 말았다.

"음."

순후의 입에서 나직한 신음이 흘러나왔다.

결국 걱정했던 일이 터지고 말았다.

스멀스멀 접근하는 짙은 안개하며 갑작스레 불어닥치는 거센 바람은 결코 자연적으로 형성된 것이 아니라 누군가 인위적인 조작을 통해 만들어낸 것이다. 그들이 누군지는 이미 예상하고 있었다.

"놈들이 움직인 것 같소."

어느새 곁으로 달려온 제갈중이 급격히 가까워지는 안개를 근심 어린 표정으로 바라보며 말했다.

"놈들? 누구를 말하는 것인가?"

남궁무백이 딱딱하게 굳은 얼굴로 물었다.

"암중 세력이 본격적으로 움직이는 것 같습니다."

"암중 세력? 하면 지금 일어나는 변화가 놈들이 일으키는 것이란 말인가?"

"그렇게 생각됩니다. 이런 식의 급격한 변화는 기문진이 아니면 설명이 되지 않습니다. 이곳까지 오는 과정에서 모든 기문진이 파훼되었습니다만, 놈들이 다시 설치한 것 같습니다. 그것이 아니라면 죽어 있던 기문진을 다시 살린 것일 수도 있겠군요."

심각한 표정과는 달리 말투는 어딘지 모르게 담담했다.

"하면 이를 어쩐단 말인가? 놈들이 이곳에 기문진을 설치했다는 것은 사실상 함정을 판 것이나 다름없는 것인데."

남궁무백이 우왕좌왕 어쩔 줄을 몰라 하는 군웅들을 살피며 말했다.

"아직까지는 예상 범주에서 움직이고 있으니 너무 걱정하지 마십시오."

"예상? 하면 가주는 놈들의 출현을 예상했단 말인가?"

"그저 이대로 끝나지는 않을 것이라 생각했습니다."

제갈중이 순후를 힐끗 바라보았다. 순후가 의미심장한 표정으로 고개를 끄덕였다.

그들의 시선이 머무는 곳, 좌우로 형웅과 구양봉을 대동한 풍월이 달려오고 있었다.

"놈들입니까?"

풍월이 시시각각으로 변하는 주변 환경을 응시하며 물었다.

제갈중과 순후가 동시에 고개를 끄덕였다.

"하면 천문금쇄진이 본격적으로 발동된 것입니까?"

"아마도."

"역시! 가주님의 말씀이 맞았군요."

풍월이 감탄을 터뜨리자 풍월과 거의 동시에 도착한 곡한이 순후에게 물었다.

"천문금쇄진이라니?"

"당가의 활약으로 암중 세력이 개입했다는 것을 확인하신 제갈 가주께선 놈들이 이곳에 예상치 못한 함정을 준비했을 것이라 판단하시곤 보다 면밀히 주변을 살피셨습니다. 그리고 분지에 설치된 기문진을 파훼하는 과정에서 활발히 움직이는 다른 기문진과는 달리 움직이지 않고 조용히 잠들어 있는 거대한 기문진 하나를 간파하셨습니다."

"그것이 천문금쇄진이라는 것이냐?"

"예, 오랜 옛날에 그런 기문진이 있다는 것을 책에서 본 적은 있습니다만 솔직히 어떤 것인지는 저도 알지 못합니다. 한데 제갈 가주께서 바로 그 천문금쇄진을 알아차린 것이지요."

"오!"

곡한과 남궁무백의 입에서 동시에 탄성이 터져 나오자 제갈중이 멋쩍은 웃음을 지었다.

"운이 좋았습니다. 천마도를 통해 이곳에 위험한 기문진이 많이 설치되어 있다는 것을 확인하고 나름 공부를 했습니다. 천문금쇄진도 그때 알게 된 것이지요. 사실 워낙 규모가 방대하여 지금도 확신하지는 못하고 있습니다."

"어쨌건 놈들이 설치한 기문진이 천문금쇄진임을 눈치챘다면 파훼하는 방법도 아는 것인가?"

남궁무백이 물었다.

"그건 아닙니다. 그저 알아만 보았을 뿐이지 천문금쇄진은 제 짧은 지식으로 파훼할 수 있을 정도의 만만한 기문진이 아닙니다. 진을 움직이는 핵심 기물도 미처 파악하지 못했으니까요. 그래도 최소한의 준비는 할 수 있었습니다."

제갈중의 시선이 풍월에게 향하자 순후가 몇 마디 말을 거들고 나섰다.

"제갈 가주님의 부탁으로 저들이 은밀히 움직였습니다. 천문금쇄진을 완벽하게 파훼할 수는 없다고 해도 몇 가지 기물을 설치함으로써 약점을 만들어둔 것이지요."

"약점이라고 하기는 그렇군요. 가까스로 생로(生路) 하나를 확보했을 뿐입니다."

제갈중이 겸양을 보였지만 곡한과 남궁무백은 순후의 표정을 보고 미루어 짐작할 수가 있었다. 천문금쇄진이라는 절진에서 생로를 확보했다는 것이 얼마나 대단한 일인지를.

"한데 어째서 우리는 이런 사실을 전혀 모르고 있었던 것이지?"

곡한이 순후에게 물었다.

"비밀을 요했기 때문입니다."

"비밀?"

"예, 우리 일행에 암중 세력의 끄나풀이 숨어 있을 가능성이 다분하다고 생각했습니다. 만약 우리가 천문금쇄진을 눈치채고 뭔가 방법을 찾고 있다는 것을 놈들이 알게 된다면 분명다른 방법을 꺼내 들 것입니다. 생로를 확보하기 위해 저들이 은밀히 설치한 기물을 파괴할 수도 있고요."

"음, 그럴 수도 있겠구나."

곡한이 이해했다는 듯 고개를 끄덕였지만 표정은 그리 편치 않았다.

"하면 생로를 알고 있는 사람은 이들 뿐인가?"

남궁무백이 풍월 등을 가리키며 묻자 제갈중이 대답했다.

"그렇습니다."

"자력으로 빠져나갈 방법은 없고?"

"이곳으로 오시는 동안 겪어보지 않으셨습니까? 천문금쇄진은 그것들보다 몇 배는 무섭다고 생각하시면 됩니다."

제갈중의 단언에 남궁무백이 너털웃음을 흘렸다.

"허허! 잘 부탁하네. 우리 모두의 목숨이 그대들에게 달려 있군."

"최선을 다하겠……."

허리를 굽히며 나름 예를 표하던 구양봉의 말은 더 이상 이어질 수가 없었다. 안개를 뚫고 일단의 무리들이 속속 모습을 드러냈기 때문이었다. 언뜻 보아도 이백은 족히 넘어 보였다.

"쥐새끼들이 이곳에 모여 있었군."

가장 앞장서서 무리를 이끌고 있던 추망우가 비릿한 웃음을 지으며 이리저리 시선을 돌리다 당가의 식솔들을 발견했다.

성큼성큼 걸음을 옮기는 추망우, 그를 알아본 당가에선 그야말로 난리가 났다.

"도, 독괴!"

"추망우!"

당가 역사상 개인으로서 당가에 가장 많은 피해를 입힌 독괴 추망우. 그가 암중 세력의 일원으로 모습을 드러낸 것이었다.

"오랜만에 만나는 자리고 해서 내 선물을 준비했다."

추망우의 손짓에 누군가가 커다란 상자 하나를 가져왔다.

추망우가 상자를 당가를 향해 던졌다.

그것을 추망우의 공격으로 판단한 당하곤이 재빨리 소리쳤다.

"피해랏!"

당하곤의 외침과 더불어 당가의 식솔들이 빠르게 주변으로 흩어지고 아무도 받아주지 않은 상자는 바닥에 떨어져 산산조각이 났다.

박살 난 상자에 든 물체 하나가 데굴데굴 구르다가 장로 당종의 발치에서 멈췄다.

"서, 설마……."

당종이 덜덜 떨리는 손으로 발밑에 떨어져 있는 당산은의 머리를 안아 들었다. 부릅뜬 눈 하며 일그러진 표정이 무척이나 고통스럽게 숨이 끊긴 것 같았다.

"네, 네놈이 감히……."

피가 나도록 이를 간 당종이 몸을 홱 돌렸다.

마음이야 지금 즉시 공격을 하여 추망우를 갈가리 찢어버리고 싶었지만 당장은 당산은의 머리를 수습하는 것이 우선이었다.

추망우가 당가와 오랜 원한을 다시 꺼내고 있는 사이 천문동 주변을 깨끗하게 청소한 개천회의 무인들이 모두 모습을 드러냈다.

인원이 보충된 것인지 아니면 천문동 주변의 군웅들을 공격할 때보다 인원이 늘어 있었다.

"암중 세력, 네놈들이 바로 그놈들이구나."

남궁무백이 중앙에서 걸어오는 육잠을 노려보며 소리쳤다.

"암중 세력? 그래, 네놈들은 우릴 그렇게 부른다고 했지."

코웃음을 친 육잠이 거만한 자세로 군웅들을 바라보았다.

"개천회다. 똑똑히 기억해라. 이제 곧 무림에서 가장 크고 위대한 이름이 될 터이니."

"헛소리도 그만하면 병이로구나. 어둠에 숨어 음모나 꾸미던 네놈들이 넘볼 만큼 무림은 만만한 곳이 아니다."

남궁무백의 외침에 육잠의 얼굴에 비웃음이 가득했다.

"크크크! 조금 전에도 그렇게 말하던 놈들이 있었지."

순간, 남궁무백은 물론이고 개천회의 공격에 대비하고 있던 모두의 얼굴이 딱딱하게 굳었다. 그서야 천문동 주변에 대기하고 있을 식솔, 동료들을 떠올린 것이다.

"네, 네놈들… 그들을 어찌 한 것이냐?"

남궁무백의 목소리가 크게 떨렸다.

"어리석기는. 이만한 인원이 이곳에 도착했다는 것을 보면 느껴지는 것이 있을 텐데."

"어찌했냐고 물었다."

남궁무백의 전신에서 무시무시한 기운이 쏟아지며 육잠을 압박했지만 놀랍게도 육잠은 크게 영향을 받지 않았다.

"다 죽지는 않았다. 항복한 놈들까지 베어버릴 정도로 인정이 없지는 않아서 말이지. 크크크!"

"음."

육잠의 괴소에 남궁무백의 입에서 나직한 신음이 흘러나왔다.

실력만 따지자면야 이곳에 모인 이들보다 부족할지 몰라도 인원은 천문동 외부에서 대기하고 있던 이들의 수가 훨씬 많았다. 한데 그들 모두가 죽고 포로가 되었다니 이만큼 참담한 일이 없었다.

"이곳에서도 기회를 주지."

육잠이 날카로운 눈빛으로 군웅들을 쏘아보며 소리쳤다.

"꿇어라. 항복하면 목숨만큼은 살려준다."

육잠의 말이 끝나기도 전에 온갖 호통과 욕설이 날아들었다.

육잠으로선 나름의 인정을 베푼 것이나 군웅들의 입장에선 절대 그렇게 받아들일 수가 없는 것이다.

"역시 그렇군."

차갑게 웃은 육잠이 커다란 도끼를 곧추세웠다.

그것을 신호로 뒤편에서 대기하고 있던 은검단이 일제히 공격을 시작했다.

"우리도 시작해 볼까? 무적검성의 실력이 어떨지 정말 궁금하군."

비웃음이 가득 담긴 육잠의 말에 남궁무백은 한줄기 검기로 그 답을 해줬다.

"허!"

설마하니 남궁무백이 이런 식으로 기습적인 공격을 할 줄 몰랐던 육잠이 헛바람을 내뱉으며 황급히 몸을 틀었다.

파파파팟!

육잠의 몸을 스쳐 지나간 검기가 땅바닥에 깊은 생채기를 남기는 것으로 부족해 군웅들을 공격하기 위해 움직이던 은검단원 한 명의 몸을 양단해 버렸다.

"과연 무적검성!"

육잠의 입에서 감탄이 터져 나왔다.

그것을 조롱이라고 느낀 남궁무백의 표정이 한층 더 굳었다.

남궁무백의 검이 재차 움직였다.

냉정한 눈빛으로 남궁무백의 움직임을 살피던 육잠이 자신을 향해 짓쳐드는 검기를 향해 도끼를 휘둘렀다.

순간, 붉은 기운이 솟구쳐 오르며 남궁무백이 발출한 검기를 모조리 휩쓸어 버렸다.

남궁무백의 공격을 단숨에 무력화시킨 육잠이 조소를 지었다.

"무적검성의 실력이 이게 전부라면 실망인데."

남궁무백이 지그시 입술을 깨물었다.

검을 든 이래 이런 식의 모욕을 받아본 적은 단 한 번도 없었다.

가슴속 깊은 곳에서부터 형용할 수 없는 분노가 치밀어 올랐다. 그 분노가 검으로 표출되었다.

제왕검형(帝王劍形).

남궁세가를 대표하는 최강의 검법이 모습을 드러냈다.

'역시 대단하군.'

육잠의 눈에서 지금까지와는 전혀 다른 순수한 감탄의 빛이 떠올랐다.

아직 기수식에 불과함에도 압도적인 힘을 온몸으로 느낄 수 있었다. 전신의 솜털 하나하나까지 그 힘에 반응했다.

육잠의 얼굴이 붉게 상기되었다.

남궁무백의 무공에 대한 두려움, 공포가 아니라 세상에서 사라진 것으로 알려진 무공을 얻은 지 이십오 년, 비로소 자신의 무공을 제대로 펼쳐 보일 수 있는 상대를 맞게 되었다는 것에서 오는 흥분감, 기쁨의 표출이었다.

가슴은 격정으로 뛰고 있었지만 머리는 이미 차갑게 식어 있었다.

우우우웅!

묵직한 검명과 함께 남궁무백의 공격이 시작됐다.

남궁무백의 검이 일순간에 아홉 번의 변이를 거치며 육잠을 공격했다.

허공을 가득 메우고 밀려오는 검강의 물결에 육잠은 숨이 턱턱 막혔다. 막연히 소문으로 듣는 것과 실제로 눈앞에서 보는 것은 말 그대로 천지차이였다.

하지만 그의 도끼는 이미 움직이고 있었다.

육잠이 휘두르는 도끼에 맺힌 혈광이 한층 진해졌다.

혈광을 휘감은 도끼가 반원을 그리자 반달 형태의 핏빛 강기가 남궁무백이 뿜어낸 강기의 해일과 정면으로 충돌했다.

두 사람의 입에서 짧은 신음이 흘러나왔다.

단 한 번의 충돌이었지만 전력을 다해 부딪쳤기에 둘 다 가볍지 않은 내상을 당하고 말았다.

보다 빠른 회복을 한 육잠이 곧바로 도끼를 휘둘렀다.

막강한 내력을 바탕으로, 세밀함은 떨어졌으나 그것을 메우고도 남을 정도로 포악함을 내포하고 있는 육잠의 공격은 남궁무백을 당황하게 만들기에 충분했다.

게다가 한번 시작하면 좀처럼 끊이지 않고 연계가 되어 펼쳐지며 그 위력을 계속해서 증대시키는 도끼의 움직임은 지금껏 경험해 보지 못한 것이다.

남궁무백의 표정이 전에 없이 굳었다.

순식간에 삼십여 초가 흘렀지만 일방적으로 밀리고 있었다. 지금의 흐름이라면 필패였다.

무작정 피한다고 될 일이 아니다. 어떻게든 도끼의 움직임을 끊어야 했다.

더 이상 밀리면 끝장이라는 생각을 한 남궁무백이 전신 내력을 검에 집중시키며 육잠의 공세에 정면으로 맞부딪쳤다.

꽈꽈꽈꽝!

천지가 무너지는 듯한 굉음과 함께 거대한 충격파가 주변을 휩쓸었다.

그 힘이 얼마나 대단했던지 주변을 에워싸고 있던 천문금쇄진이 순간적으로 뒤틀리고 자욱하게 덮인 안개마저 흩어질 정도였다.

"크으으."

남궁무백의 입에서 고통의 신음성이 흘러나왔다.

입에선 검붉은 피와 함께 잘린 내장 조각이 흘러나왔고, 허벅지 아래가 사라진 다리에선 피가 폭포수처럼 뿜어져 나왔다.

"무적검성이란 명성이 헛된 것이 아니라는 것을 알겠다."

육잠이 승자의 미소를 지으며 말했다.

"……"

"하지만 아쉽군. 파천신부의 무공을 감당하기엔 부족했다. 검존의 무공이 유실됐다는 것이 아쉽군. 좋은 승부가 되었을 텐데."

파천신부라는 말에 꺼져가던 남궁무백의 눈동자가 크게 확대됐다.

"파, 파천… 신부라면 우내오존의……."

남궁무백은 미처 대답을 듣지 못하고 고개를 떨구고 말았다.

제46장

반전(反轉)

취리릿!

사슬낫이 예리한 파공성과 함께 풍월의 목을 노리며 날아 들었다.

풍월이 뇌운보를 이용해 몸을 움직이자 허공을 가른 사슬 낫이 폭음과 함께 방향을 틀었다.

풍월은 자신의 뒤를 쫓아오는 사슬낫을 향해 묵뢰를 휘둘 렀다.

개천회 호법 흑면탈혼(黑面奪魂) 학모회는 사슬낫을 향해 접 근하는 묵뢰를 보며 비웃음을 흘렸다.

손목을 살짝 비틀자 사슬낫이 묵뢰를 순식간에 휘감았다. 뱀이 나무를 타고 오르는 것처럼 묵뢰를 타고 오른 낫이 풍월의 목을 재차 노렸다.

고개를 획 돌려 낫을 피한 풍월이 묵뢰의 방향을 바꿔 그대로 땅에 꽂아버렸다.

묵뢰를 감고 있던 사슬낫이 묵뢰와 함께 땅에 깊이 박히자 풍월이 그대로 지면을 박찼다.

당황한 학모회가 사슬낫을 당겼지만 팽팽히 당겨질 뿐, 빠져나오질 못했다. 때마침 허공으로 뛰어오른 풍월이 팽팽히 당겨진 사슬낫을 발판으로 하여 역으로 거슬러 올라왔다.

"빌어먹을!"

이를 악문 학모회가 사슬낫에 순간적으로 내력을 주입하자 촘촘하게 엮여 있던 사슬 중 일부가 끊어지며 그 파편이 사방으로 비산했다.

퍽! 퍽! 퍽!

호신강기를 펼쳤음에도 몇 개의 파편이 기어이 풍월의 허벅지를 강타했다.

다행히 살을 파고들지는 못했으나 몸이 휘청거릴 정도의 통증이 밀려들었다.

학모회가 삼분지 일로 줄어든 사슬낫을 마치 채찍처럼 휘두르며 공격하려 할 때, 뇌운보를 극성으로 펼친 풍월이 순식간에 안쪽으로 파고들었다.

풍월의 빠른 움직임에 놀라면서도 학모회는 상당히 침착히 대응했다.

사슬낫이 온전했다면 순간적으로 반응하기 힘들 정도로 거리가 좁혀진 상태였지만 길이가 삼분지 일로 줄은 사슬낫엔 그런 제약이 없었다. 오히려 빠르기나 변화가 사슬낫에 비할 바가 아니었다.

하지만 학모회의 움직임을 예측한 풍월이 묵운을 이용하여 사슬낫의 움직임을 봉쇄하더니 곧바로 주먹을 내질렀다.

서로의 무기가 봉쇄된 상황인지라 학모회 역시 맨손으로 풍월을 막아야 했다.

학모회의 권장 실력은 풍월에 비할 바가 아니었다. 처음엔 몇 번 막아내는가 싶더니 이내 수세에 몰리다 결국 정타를 허용하고 말았다.

쾅! 쾅! 쾅!

뇌격권이 학모회의 온몸을 강타했다.

일권십이격타.

한 번의 내지름에 열두 번의 타격이 학모회의 몸에 쏟아졌다.

그 빠름과 위력은 능히 천근거석이라도 부술 만했다.

"크학!"

풍월의 주먹질에 집중적으로 몸통을 두들겨 맞은 학모회가 고통스러운 비명과 함께 연신 뒷걸음질 쳤다.

코와 입에서 검붉은 선혈이 쏟아져 나왔지만 눈빛은 여전히 죽지 않았다.

상처 입은 짐승이 얼마나 무서워지는지 잘 알고 있던 풍월은 학모회가 호흡을 돌릴 틈을 줄 생각이 없었다.

곧바로 공격을 퍼붓는 풍월. 기회를 엿보던 학모회가 풍월을 향해 최후의 힘을 짜낸 역공을 펼쳤다.

손에 남아 있던 사슬낫이 폭음과 함께 비산했다.

하지만 풍월은 같은 공격에 두 번 당할 정도로 어리석지 않았다.

번개처럼 몸을 뺀 풍월이 호신강기를 극성으로 일으키며 묵운을 던졌다.

쇠사슬의 파편을 뚫고 날아간 묵운이 가슴을 그대로 관통하자 작살 맞은 물고기처럼 펄떡거린 학모회의 신형이 힘없이 고꾸라졌다.

개천회의 호법이자 무림인명부 서열 십팔 위에 올라 있던 흑면탈혼의 허무한 죽음이었다.

"음!"

멀리서 풍월과 학모회가 싸우는 것을 지켜보던 사마조가 침음을 흘렸다.

사마조는 풍월에 대한 관심이 깊었다.

최근 어그러지는 일의 대부분이 풍월과 관계가 있었다.

매혼루의 일도 그렇고 대화상회에서 벌어진 일의 중심에도 풍월이 있었다. 상당히 중요한 자금책 중 하나였던 대화상회의 일은 특히 뼈아팠다. 천마도의 비밀을 모든 이들에게 공개해 버린 일 또한 감히 상상도 할 수 없는 일이었다.

"새롭게 작성될 무림인명부에서 십대고수로 등재된다고 하더니만 과연이군. 학 호법이 결코 약한 인물이 아닌데 저리 쉽게 당하다니."

대장로 위지허가 학모회를 쓰러뜨린 후, 더욱 미쳐 날뛰는 풍월을 바라보며 진심으로 감탄했다.

"말렸어야 했습니다. 괜한 호기심으로 잠시 지켜본다는 것이 그만……."

학모회 같은 고수를 잃은 것은 개천회에서도 큰 손실이다. 사마조는 그를 말리지 못한 것을 크게 자책했다.

"약한 놈이 당하는 것은 당연하다. 상대의 실력도 제대로 파악하지 못한 놈이 바보지, 네 책임이 아니다. 그저 녀석이 워낙 대단한 것이야."

"칭찬만 하실 일은 아닌 것 같습니다. 놈의 활약으로 우리 쪽 피해가 큽니다."

사마조가 시큰둥한 얼굴로 말하자 위지허가 껄껄 웃었다.

"찻잔 속의 태풍일 뿐이니라. 남궁무백이 쓰러지면서 이미 대세는 기울었다."

위지허가 정무련주 남궁무백에 이어 부련주 무학 진인까지 베어버리며 기세를 떨치고 있는 육잠에게 시선을 돌리며 말했다.

"예, 육 장로님의 활약으로 제대로 기선을 제압했습니다. 그런데 생각보다 너무 쉽게 쓰러져서 놀랐습니다. 무적검성이면 수십 년 동안 명성을 떨친 고수였는데요."

"예전의 그가 아니었다. 검은 무뎌졌고 그토록 강맹했던 힘도 약해졌어. 결국 세월 앞에 무너지고 만 셈이지. 노쇠한 게야."

위지허의 나이도 칠십이 넘었다. 남궁무백의 처지가 남 일만은 아니라 생각하는지 목소리에 씁쓸함이 가득했다.

"전성기의 무적검성이라면 어땠을까요?"

사마조가 호기심 가득한 얼굴로 물었다. 잠시 생각하던 위지허가 육잠을 힐끗 바라보며 말했다.

"글쎄다. 그래도 육 장로가 이기지 싶다. 비록 대성을 하지는 못했다지만 파천신부의 무공은 그만큼 강력하니까. 그렇다 하더라도 무척이나 힘든 싸움이 되었을 게다. 싸움이 끝난 후 저렇듯 활약하는 것은 언감생심 꿈도 꾸지 못할 일이지."

"예, 그런 것 같습니다. 팔대마존과 어깨를 나란히 했다더니 확실히 우내오존의 무공 또한 엄청나군요. 그런 의미에서 오로지 자신의 실력으로만 저런 신위를 보여주는 추 장로야말로 정말 대단한 것 같습니다. 당가에 대한 복수심이 그만큼 크다는 것일까요?"

사마조가 사천당가의 식솔들을 홀로 상대하고 있는 추망우를 진정 감탄스러운 눈길로 바라보았다.

"대단하지. 과거 혼자서 당가를 벼랑 끝까지 몰아붙였던 인물이다. 십대고수에서도 능히 수위를 다툴 만한 고수이거늘… 솔직히 실력만큼 대우를 못 받았다는 느낌이다."

"한심한 일이지요. 순수하게 실력을 살피는 것이 아니라 그저 독과 암기를 사용한다는 것에 대한 편견을 가졌기 때문일 겁니다."

차갑게 웃은 사마조가 조그만 경적을 꺼내 입에 물었다.

"지금 사용할 생각이냐?"

"예, 천문동에 이어 이번 싸움으로 충분히 담금질을 했으니 은검단의 첫 실전은 이 정도면 충분하다 봅니다. 생각보다 피해도 늘고 있고요."

"하지만… 아니다. 어차피 제 처지를 알고 있던 아이들, 네 마음대로 하거라."

잠시 머뭇거리던 위지허가 고개를 끄덕이자 사마조가 즉시 경적을 불었다.

높고 단순한 휘파람 소리 같은 경적이었지만 누군가에게는 아주 특별한 의미를 지닌 소리였다.

"괜찮습니까, 형님?"

형웅이 피 칠갑을 한 채 달려오는 풍월의 모습에 깜짝 놀라 물었다.

"괜찮아. 네가 고생이 많다."

"한 것도 없어요."

형웅이 피식 웃었다.

가장 후미에 물러나 있는 제갈중은 아직 단 한 번의 공격도 받지 않았다. 덕분에 형웅 역시 개천회의 무인들과 충돌을 하지 않았다. 무공이 노출될 것을 걱정한 풍월이 그를 제갈중의 호위로 돌렸기 때문이었다.

형웅의 실력을 감안했을 때 상당히 아쉬운 일이라 할 수 있으나 풍월은 형웅의 정체가 드러나는 것보다는 낫다고 판단했다. 지금 당장이야 어떨지 몰라도 틀림없이 문제가 되리라 여긴 것이다. 게다가 제갈중의 안위 또한 더없이 중요했다.

"준비를 해야 할 것 같은데요. 이런 식이면 얼마 버티지 못할 것 같습니다."

"그래야 할 것 같군. 그런데 진짜 괜찮은 건가? 부상이 심해 보이네만."

제갈중이 피에 젖은 풍월을 걱정스러운 눈길로 바라보았다.

"제 피가 아니니 걱정하지 마십시오."

"다행이네. 후, 대체 어디서 저런 인물들이 갑자기 튀어나온 것인지……."

제갈중은 정무련에 속한 각 문파의 수뇌들은 물론이고 패천마궁의 수뇌들과의 싸움에서도 우위를 보여주는 개천회 고수들을 보며 답답한 표정을 지었다.

"무엇보다 정무련주께서 당한 게 큽니다. 구심점을 잃은 셈이니까요."

"그렇겠지. 누가 예상이나 했겠는가? 무적검성께서 무명의 고수에게 저리 허망하게 당하실 줄을."

제갈중의 탄식에 풍월이 고개를 저었다.

"무명의 고수라고는 할 수는 없지요. 우내오존의 무공을 지닌 자인데."

육잠이 파천신부의 무공을 지녔다는 사실은 이미 전장에 파다하게 퍼졌다. 그로 인해 아군의 사기가 꽤나 꺾였으니 이를 노리고 일부러 떠들어댄 것이라면 적들의 의도가 제대로 먹힌 셈이었다.

"저기 있는 기물이 보이나?"

제갈중이 안개로 자욱한 곳과 그렇지 않은 곳의 경계에 우뚝 솟은 바위를 가리켰다.

"예, 저겁니까?"

"그렇다네. 천문금쇄진을 움직이는 기물 중에 하나지. 저 바위를 부수는 것과 동시에 천문금쇄진 안쪽에 우리가 설치해 놓은 기물들이 힘을 발휘할게 될 걸세. 그리고……."

"오직 하나뿐인 생로가 모습을 드러내겠군요."

"맞네. 하지만 조금만 발을 잘못 디뎌도 목숨을 장담키 힘들지. 길은 제대로 기억하고 있는가?"

"물론입니다. 너도 기억하지?"

풍월이 형웅의 옆구리를 찌르며 물었다.

"예."

형웅의 대답에 그의 어깨에 가만히 손을 올린 풍월이 제갈중이 가리킨 바위에 시선을 고정시킨 채 말했다.

"아우야."

"예, 형님."

"잘 모셔라. 다른 사람은 몰라도 제갈 가주께선 절대로 무사하셔야 해."

"알고 있습니다."

"자네들 무슨 말을 하는 건가?"

제갈중이 풍월과 형웅의 팔을 잡으며 물었다.

두 사람이 나누는 이야기의 중심에 자신이 있자 무척이나 당황하는 모습이었다.

풍월이 담담한 표정으로 말했다.

"일전에 우리끼리 얘기를 나눈 적이 있습니다. 최악의 경우 누구를 구해야 하는지에 대해서."

"……."

"정무련 쪽에선 가주님을, 패천마궁 쪽에선……."

풍월의 시선이 조금 떨어진 곳에서 초조하게 전장을 지켜보는 순후에게 향했다.

"군사를 구해야 한다는 것으로 의견을 모았습니다. 수십 년, 아니, 어쩌면 그 이상의 세월 동안 무림의 눈을 속이고 암중에서 세력을 키워온 자들입니다. 그들의 음모를 분쇄하기 위해선 절대적인 무력도 중요하지만 무엇보다 이것이 중요하다고 판단했습니다."

풍월이 자신의 머리를 툭툭 치며 웃었다.

"두 분은 무림에서도 자타가 공인하는 분들이고요."

웃음으로 제갈중의 말문을 막아버린 풍월이 형응에게 말했다.

"바위를 부수는 것과 동시에 움직여. 뒤도 돌아보지 말고 달리라고."

"예, 하지만……."

"걱정하지 마. 절대 안 죽어. 몸 빼는 것만큼은 누구보다 자신 있는 나야."

풍월의 자신만만한 태도에도 형웅의 굳은 표정은 풀리지 않았다.

"걱정하지 말라니까. 내가……."

귓가를 파고드는 경적 소리에 풍월이 미간을 찌푸리며 입을 다물었다.

풍월의 시선은 물론이고 형웅의 시선까지 경적 소리를 따라 이동했다. 두 사람처럼 예리한 감각을 지니지 못한 제갈중이 의문을 가지고 풍월의 팔을 잡을 때였다.

"커헉!"

"으아악!"

"컥!"

전장 곳곳에서 단말마의 비명이 터져 나오기 시작했다.

치열한 싸움이 벌어지는 상황에서 전혀 이상할 것이 없는 비명이었지만 지금은 그 의미가 전혀 달랐다.

고통스러운 비명을 내뱉으며 쓰러진 자들의 대부분이 적이 아니라 등을 맡긴 아군에게 공격을 당해 쓰러진 것이었다.

"이, 이게 대체……."

제갈중은 정무련은 물론이고 패천마궁에서도 배반자가 속출하자 말을 잇지 못했다.

풍월과 형웅 또한 어이가 없는 얼굴로 전장을 바라보았다.

하지만 이들의 충격은 믿었던 제자, 사형제, 친우, 수하에게 공격을 받은 이들에 비할 바가 아니었다.

불리한 여건 속에서도 나름 필사적으로 싸움을 하던 정무련과 패천마궁의 무인들은 속출하는 간자들의 공격에 순식간에 전의를 상실하고 무너져 내렸다.

"개새끼들!"

욕설을 내뱉은 풍월이 제갈중이 지목한 바위를 향해 전력을 질주하기 시작했다.

암중 세력이 심어놓은 간자들로 싸움은 이미 끝난 것이나 다름없는 최악의 상황에서 오직 생로를 확보하는 것만이 전멸을 막을 유일한 방법이었다.

풍월이 천문금쇄진을 움직이는 기물 중 하나를 향해 달려가는 것을 본 사마조의 눈빛이 차갑게 변했다.

천문금쇄진은 수없이 많은 기물의 연계로 펼쳐진 절진이다. 단순히 암석 하나를 부순다고 파훼될 리가 없지만 그래도 느낌이 좋지 않았다.

"막아야 될 것 같습니다."

사마조의 말에 위지허가 턱짓을 했다.

"그 난전 중에서 벌써 눈치를 채고 움직이는 것 같구나. 감도 좋아."

육잠이 풍월을 향해 달려드는 것을 확인하곤 웃었다.

"이곳까지 도달하는 과정에서 가장 많이 애를 쓰신 분이니까요. 천문금쇄진을 설치하는 것도 직접 도우셨습니다."

육잠이 풍월을 막으려고 움직이는 것을 본 사마조가 안도하며 말했다.

풍월이 대단한 무공을 지닌 것은 분명하지만, 육잠은 다른 사람도 아니고 무적검성을 쓰러뜨린 인물이다. 능히 상대할 수 있으리라 여겼다.

바위를 깨뜨리기 위해 이동하던 풍월은 좌측에서 질풍처럼 달려드는 육잠을 보고 인상을 찌푸렸다.

육잠은 무적검성을 일대일로 쓰러뜨린, 정면으로 맞부딪쳤을 때 승부를 장담할 수 없는 절대고수다.

'어쩐다.'

풍월이 순간적으로 망설였다.

거리상 바위를 깨뜨리기 전에 육잠의 도끼가 날아들 것 같았다.

망설임은 짧았다.

풍월이 자하신공과 묵천심공을 동시에 운기하기 시작했다. 그리고는 육잠을 향해 묵뢰를 던졌다.

비도풍뢰라는 초식.

엄청난 파공성을 동반하여 날아간 묵뢰가 육잠이 휘두른 도끼와 부딪치며 힘없이 튕겨져 나갔다.

하지만 묵뢰에 담긴 힘은 육잠이라도 결코 가볍게 여길 수 없는 것이었다. 묵뢰를 쳐내기는 했지만 그 여파로 움직임이 굼떠졌다.

그 사이 바위에 접근한 풍월이 자하진천멸을 펼쳤다.

묵운에서 솟구친 자색 강기가 바위를 훑고 지나가자 커다란 바위가 허무할 정도로 산산조각 나버렸다.

쿠쿠쿠쿵.

묵직한 진동이 분지를 뒤흔들었다.

그것이 단순히 바위가 부서지며 나는 소리가 아니라는 것쯤은 누구라도 알 수 있었다.

천마동부를 중심으로 이십여 장 정도까지 밀려들었던 짙은 안개가 크게 흔들리며 한참을 뒤로 물러났고, 희미하게나마 안개 사이로 조그만 길이 보였다.

천문금쇄진의 무시무시한 힘을 배제할 수 있는 유일한 생로를 확인한 풍월이 소리쳤다.

"형응!"

풍월이 외침이 끝나기도 전에 그의 등 뒤를 바람처럼 내달리는 사람이 있었다.

제갈중을 등에 업은 형응이다.

혹시 모를 위험에 대응하기 위해 옷가지로 제갈중과 자신의 몸을 묶은 형응은 일말의 주저함도 없이 안개 속으로 뛰어들었다.

형웅의 뒤를 따라 제갈세가의 식솔들 몇이 뒤따랐는데 형웅과는 달리 안전을 확신하지 못한 듯 무척이나 불안한 얼굴이었다.

형웅에 이어 궁천위와 함께 육잠을 협공하던 곡한, 그리고 형웅처럼 순후를 등에 업은 흑귀대주 흑암이 달려왔다.

"제때에 막아주셨습니다."

풍월이 홀로 육잠을 상대하느라 고전을 면치 못하고 있는 위지청을 바라보며 말했다.

"혼자선 얼마 버티지 못한다. 흑암!"

곡한이 흑암을 불렀다.

"예, 장로님."

"목숨을 걸고 군사를 구해라."

"존명!"

"가라!"

흑암은 곡한의·명이 떨어지기가 무섭게 안개 속으로 뛰어들었다. 흑귀대원들 일부가 흑암의 뒤를 호위하듯 따랐다.

풍월은 안개 속으로 사라지기 전, 순후가 자신을 향해 고개를 숙이는 것을 보곤 손을 들어주었다.

제갈중과 순후가 안개 속으로 사라진 후, 제법 많은 이들이 생로를 찾아 안개로 뛰어들었다.

하지만 누군가는 남아서 적들의 추격을 막아줘야 했다.

생로라 하나 안전을 자신할 수는 없는 길이다. 어떤 위험이 도사리고 있는지 모르는 상황에서 추격대가 도착을 한다면 생존 확률은 그만큼 떨어질 터였다.

또한 혹여라도 적들이 부서진 바위를 대신할 수 있는 기물을 찾아내고 그것으로 천문금쇄진의 약점을 보완한다면 간신히 만들어낸 생로마저 사라질 수 있었다. 그런 시도 자체를 무산시키기 위해서라도 반드시 자리를 지켜야 했다.

결국 적들을 피해 탈출할 수 있는 이들은 한정적일 수밖에 없었다.

적들의 공격이 시작되고 전황의 불리함을 느낀 풍월이 생로를 여는 그 짧은 시간, 탈출자를 선택한다는 것이 결코 쉬운 일은 아니었으나 어쨌건 결정은 내려졌다.

각 문파, 세력의 후기지수들이나 그에 준하는 지위에 있는 자들, 더불어 반드시 살아야 하는 이들이 탈출을 시도했고, 나머지 인원이 그들을 위해 고스란히 남았다.

개인 자격으로 분지에 온 사람들 대부분은 안개 속으로 뛰어들었는데 딱히 뭐라 하는 사람은 없었다.

"추격을 해야 하지 않겠느냐?"

위지허가 굳은 표정으로 서 있는 사마조에게 물었다.

"불가능합니다. 저들이 수작을 부리며 우리가 알고 있는 천문금쇄진은 사라졌습니다."

"하면 생로가 없어졌다는 말이냐?"

"없어졌다기보다는 변화가 있다는 말이 정확할 겁니다. 다른 기문진과는 달리 천문금쇄진은 우리도 익숙하지 않습니다. 생로를 안다고 해도 위험한데 지금은……. 그 변화의 폭을 알지 못하는 한 큰 위험이 따를 수 있습니다."

"결국 방법은 하나구나."

위지허가 풍월 등이 지키고 있는 곳을 바라보았다.

"예, 저들이 만들어낸 생로를 따라 추격하거나 무너진 기물을 보완해 천문금쇄진을 이전으로 되돌려야 합니다."

"알았다."

초조해하는 사마조와는 달리 담담히 대꾸한 위지허가 풍월을 향해 천천히 걸음을 내딛기 시작했다.

대장로 위지허는 개천회에서 세 손가락 안에 꼽히는 고수다. 여러 장로들을 통해 대장로가 얼마나 강한지 귀가 닳도록 들어왔지만 정작 실력을 본 적은 단 한 번도 없었다.

사마조는 그의 등에 메여 있는 여섯 자루의 칼을 보며 침을 꿀꺽 삼켰다.

'조부께서 말씀하시길, 여섯 자루의 칼이 허공을 가르면 천하의 그 누구도 감당키 어렵다고 하셨다. 더불어 당신의 유일한 적수라고 하셨지. 과연 얼마나 대단한 실력을 지녔기에 그

런 말씀을 하셨는지 이제야 볼 수 있겠구나.'

사마조는 행여나 놓칠까 부릅뜬 눈으로 위지허의 일거수일투족을 살폈다.

위지허의 첫 상대는 남궁헌이었다.

청년 시절 장강에 생겨난 용오름을 한 자루 검으로 양단해 버린 후, 도룡검객(屠龍劍客)이란 별호를 얻은 남궁헌은 현 가주 남궁편의 동생이자 남궁세가에서 가주 이상으로 존경을 받았다.

남궁편과 자신을 따라온 외아들 남궁기를 탈출시키기 위해 뒤에 남은 남궁헌은 누구보다 빨리 위지허의 위험성을 눈치챘다.

자리를 사수해야 안개 속으로 들어간 이들이 보다 안전히 탈출할 수 있다는 것을 알고 있던 남궁헌이 즉시 위지허의 앞을 가로막았다.

두 사람의 시선이 허공에서 얽혔다.

위지허의 눈빛과 전신에서 느껴지는 기운을 확인한 남궁헌은 자신의 판단이 틀리지 않았음을 확신했다.

'최대한 시간을 끌어야 한다.'

승리 따위는 생각지도 않고 있었다. 아직 손속을 나눠보지 않았음에도 상대의 강함이 절절히 느껴졌다.

남궁헌이 왼손에 들고 있던 검집을 버렸다.

검객이 검 집을 버렸다는 것은 말 그대로 목숨을 건다는 뜻, 하지만 위지허는 별다른 반응을 보이지 않았다.

남궁헌이 전력을 다해 내력을 끌어모으자 그의 검이 웅장한 검명을 토해냈다.

힘찬 기합성과 함께 남궁무백이 육잠을 상대로 보여줬던 제왕검형이 다시금 펼쳐졌다.

완숙함은 남궁무백에 비해 부족할지 모르나 날카로움이나 강맹함은 그에 못지않았다.

노도처럼 밀려드는 강기의 파도를 지그시 바라보던 위지허의 등에서 두 자루의 칼이 모습을 드러냈다.

위지허가 둥실 떠올라 눈앞으로 날아온 칼을 잡고 좌우로 휘두르자 둥근 고리 모양의 도강이 남궁헌을 향해 발출되었다.

월영환(月影環).

과거, 팔대마존 중 서열 오위에 올라 있는 육도마존의 무공 중 하나가 펼쳐진 것이다.

자신이 날린 검강을 간단히 무력화시키며 날아드는 도강에 헛바람을 들이킨 남궁헌이 좌우로 교차하여 검을 휘둘렀다.

그 움직임이 어찌나 빠르고 날카로운지 검이 지난 후, 한참이 되어서야 파공성이 뒤따랐다.

몇 번이고 중첩이 되어 처음과는 비교도 할 수 없을 정도로 강력해진 검강이 위지허가 발출한 도강과 정면으로 부딪쳤다.

고리 모양의 도강이 순식간에 부서져 나갔다.

힘을 잃지 않은 검강이 위지허의 목숨을 노리며 짓쳐들었다.

"제법이군."

위지허가 나직이 읊조렸다.

설마하니 남궁헌이 남궁무백의 전성기에 못지않은 실력을 지녔을 줄은 미처 몰랐다.

상대의 역량을 가늠하지 못한 건 분명 실수였다.

남궁헌 정도의 실력자라면 두 자루가 아니라 최소한 네 자루의 도를 뽑아야 했다.

생각과 동시에 등 뒤에서 솟구친 칼 두 자루가 남궁헌을 향해 날아갔다.

좌우로 크게 벌리는가 싶던 두 자루의 칼이 맹렬한 속도로 남궁헌을 노렸다. 정면에서 들이치는 검강은 조금 전보다 더욱 눈부신 빛을 뿜어낸 도강이 상쇄를 시켰다.

좌우에서 짓쳐드는 두 자루의 칼을 보며 남궁헌은 필사적으로 검을 휘둘렀다.

파스스슷.

남궁헌의 주변으로 희뿌연 강기막이 생기기 시작했다.

하지만 좌우에서 파고든 칼은 강기막을 그대로 찢어버리며 남궁헌의 목숨을 노렸다.

다급해진 남궁헌이 미친 듯이 다리를 놀리고 검을 휘두르며 칼의 위협에서 벗어나려 했다.

꽝!

거친 충돌음과 함께 좌측 옆구리로 짓쳐들던 칼이 방향을 바꿔 뒤쪽에 있던 아름드리나무를 박살 내버렸다.

꽝!

또 한 번의 충돌음과 함께 방향을 튼 칼이 이번엔 주변에서 싸우고 있던 자들의 목숨을 날려 버리곤 위지허의 손으로 돌아왔다.

"크으으."

남궁헌의 입에서 신음이 흘러나왔다.

두 자루의 칼을 힘겹게 쳐내기는 했지만 위기를 벗어난 것은 아니었다.

충돌의 여파를 감당하지 못해 내력은 크게 진탕되었고 검을 쥔 팔은 부들부들 떨렸다. 통증이 검을 타고 어깨까지 올라왔다. 찢어진 손아귀에선 피가 철철 흘러내렸다.

'예상은 했지만 너무 강하다.'

허탈감이 밀려들었다. 그래도 포기할 수는 없었다.

남궁세가를 위해, 아들을 위해 최후까지 최선을 다해야

했다.

남궁헌이 피나는 손으로 다시금 검을 움켜잡았다. 그런 각오를 알아준 것인지 천금 같은 기회가 찾아왔다.

위지허의 어깨 너머에서 풍월이 묵뢰를 던지는 것이 남궁헌의 시야에 잡혔다.

풍월과 그들과의 거리는 대략 이십여 장, 그러나 묵뢰는 단순히 거리 따위는 무시해도 좋을 만큼 엄청난 속도로 날아왔다.

심상치 않은 기운을 느낀 위지허가 묵뢰를 향해 몸을 돌리고 동시에 등에 메고 있던 검이 허공으로 솟구치더니 섬광이 되어 풍월을 향해 날아갔다.

그 틈을 놓치지 않은 남궁헌이 전신 내력을 쥐어짜 검을 휘둘렀다.

검에서 뿜어진 청광이 무시무시한 기세로 뻗어나가며 위지허를 노렸다.

하지만 남궁헌이 전력을 다한 회심의 일격은 어느새 위지허의 주변을 빠르게 회전하고 있는 두 자루의 칼에 막혀 힘없이 사그라들고 말았다.

퍽!

둔탁한 소리와 함께 남궁헌의 몸이 휘청거렸다.

"크으윽!"

뒷걸음질 치는 남궁헌의 입을 뚫고 탁한 신음이 흘러나왔다. 그의 가슴, 위지허가 던진 칼이 깊숙이 박혀 있었다.

칼이 피가 흐를 수 있는 통로를 막고 있는 것인지 가슴이 아닌 입에서 핏물이 흘러나왔다.

무심한 표정으로 다가온 위지허가 가슴에 칼이 박힌 채 무릎을 꿇고 있는 남궁헌을 잠시 바라보다 칼을 회수했다.

칼이 뽑히는 것과 동시에 폭포수 같은 피가 솟구쳤다.

남궁헌의 고개가 힘없이 꺾이고 상체가 서서히 무너지며 앞으로 고꾸라졌다.

위지허는 미련 없이 몸을 돌렸다.

그의 정면, 피 칠갑을 한 채 가쁜 숨을 몰아쉬는 풍월이 서 있었다.

풍월의 뒤로 방금 전, 위지허가 날린 두 자루의 검이 크게 호선을 그리며 날아왔다.

몸을 뒤로 누이며 칼을 피한 풍월이 팅기듯 일어나 묵뢰와 묵운을 휘둘렀다.

날카로운 파공성과 함께 묵빛 강기와 자색 강기가 허공에서 교차되며 밀려들었다.

"허!"

위지허의 입에서 감탄이 터져 나왔다.

방금 전, 남궁헌의 실력도 상당했지만 풍월에 비할 바가 아니었다. 설마하니 화산의 자하검법과 철산도문의 풍뢰도법을 동시에 견식하게 될 줄은 생각지도 못했다.

"좌검우도라. 그래, 화평연의 비무대회에서 검황의 후예를 꺾었다는 무공이로군."

천마도의 비밀을 공개하는 일이 워낙 화제가 되는 바람에 풍월이 비무대회에서 보여준 활약, 충격이 다소 묻힌 감이 있었다.

하지만 천마도만 아니었다면 검선과 마도의 무공을 한 사람이, 그것도 동시에 펼칠 수 있다는 것은 능히 무림을 뒤흔들 만한 사건이었다.

"참으로 대단하군! 정말, 대단해!"

위지허는 양쪽에서 짓쳐드는 전혀 상반된 기운의 강기를 황급히 막아내며 고개를 내저었다.

눈 깜짝할 사이에 거리를 좁힌 풍월이 위지허의 코앞에서 묵뢰와 묵운을 휘둘렀다.

묵운이 날카롭고 까다로운 궤적으로 파고든다면 묵뢰는 묵직한 힘을 바탕으로 위지허를 거칠게 몰아붙였다.

위지허는 여섯 자루의 칼을 자유자재로 움직이며 공격을 막아내고 틈을 노려 재빨리 반격을 했다. 몇 번의 역공은 스스로는 물론이고 누가 봐도 고개를 끄덕일 정도로 제대로 들어갔다.

그런데 모조리 막혔다.

전혀 상반된 기운, 상반된 무공이 서로의 약점을 너무도 완벽하게 보완을 하며 역공을 무력화시킨 것이다.

"허! 기가 막히는군."

또 한 번의 역공을 실패한 위지허가 탄식하며 물러났다. 마치 검선과 마도의 합공을 받는 듯한 느낌이었다.

묵운이 빠르게 위지허의 가슴을 파고들었다.

위지허가 한쪽 발을 뒤로 빼며 손목을 틀자 그의 주변을 휘돌고 있던 칼이 묵운을 스치듯 치고 올라가 목으로 향했다.

풍월은 묵운을 거두지 않고 그대로 진행을 시켰다.

목을 노리고, 또 왼쪽 허리와 허벅지를 노리며 날아드는 칼은 어느새 안쪽으로 틀어진 묵뢰가 크게 회전을 하며 대신 막았다.

구산팔해.

풍뢰도법 중 유일하게 수비에 역점을 둔 초식으로 매화검법의 허점을 완벽하게 메우고 있었다.

묵운이 위지허의 목덜미를 살짝 스쳐 지나갔다.

위지허의 목에서 점점이 핏방울이 맺힐 때 잠시 뒤로 물러났던 네 자루의 칼이 맹렬한 속도로 날아들었다.

풍월이 구산팔해를 펼치며 공격을 막았지만 칼에 담긴 위력이 이전과는 전혀 달랐다. 손목이 부러질 듯한 충격과 더불어 몸이 크게 휘청거렸다.

휘청거리는 몸뚱이를 향해 위지허의 손에 들린 칼이 직선으로 뻗어왔다.

풍월도 묵운을 마주 뻗었다.

놀랍게도 검첨(劍尖)과 도첨(刀尖)이 허공에서 마주쳤다.

꽝!

검첨과 도첨이 한 점에서 만나고 동시에 각자의 검을 보호하고 있던 강기가 부딪치며 폭음이 터졌다.

나직한 신음을 흘리며 몇 걸음 물러나는 두 사람. 하지만 위지허의 공격은 아직 끝난 것이 아니었다.

구산팔해에 막혔던 네 자루의 칼이 또 다른 약점을 찾아 파고들었고, 왼손에 들렸던 칼까지 바람개비처럼 회전을 하며 하체를 노렸다.

제자리에서는 막기 힘들다고 생각한 풍월이 뇌운보로 몸을 빼며 다리 밑으로 날아드는 칼을 피하고 집요하게 따라붙는 네 자루의 칼은 묵뢰로 쳐냈다.

바로 그때, 반월형의 강기가 맹렬하게 접근했다.

조금 전, 남궁헌에게 사용한 월영환인데 그때와는 강기의 빛이 달랐다.

남궁헌에게 향했던 강기의 빛이 투명했던 반면 풍월의 단전을 노리며 짓쳐드는 강기의 빛은 섬뜩할 정도로 붉은 핏빛이었다. 이는 위지허가 육도마존의 독문내공심법인 혈류마염 공(血流魔炎功)을 극성으로 끌어 올렸음을 의미했다.

풍월의 표정이 딱딱하게 굳어졌다.

반월형의 도강에 담긴 기운이 이전의 공격들에 비해 월등하다는 것을 느낀 것이다.

풍월이 힘찬 기합과 함께 묵운을 휘두르자 검 끝에서 피어난 매화가 화려하게 비산하며 주변을 몇 겹으로 에워쌌다.

하지만 풍월을 보호하기 위해 흩날리던 매화는 핏빛 도강과 부딪치며 힘없이 사라지고 말았다. 절체절명의 순간에 이화접목의 수법으로 간신히 공격을 막아내긴 했지만 타격이 컸다.

"크흑!"

풍월이 한 바가지의 피를 토해내며 뒷걸음질 쳤다. 피의 색이 진한 것이 제법 심각한 내상을 당한 것 같았다.

풍월이 뒷걸음질 칠 때 위지허가 묵뢰에 막힌 네 자루의 칼을 회수했다.

위지허의 전신에서 폭발적인 기세가 끓어오르자 손에 들린 두 자루의 칼과 몸을 맴돌고 있는 네 자루의 칼이 서로 호응하듯 공명음을 토해냈다.

'위험하다.'

풍월은 급격히 증가하는 위지허의 기세를 확인하곤 본능적으로 위기를 느꼈다.

'버틸 수 있는 시간이 얼마 되지 않는다.'

연이은 격전과 방금 전의 내상으로 자하신공과 묵천심공을 극성으로 끌어 올릴 수 있는 여유가 별로 없다는 것도 문제였다.

그때, 위지허가 양손에 든 칼을 풍월에게 던졌다. 동시에 그의 몸을 휘돌던 네 자루의 칼 또한 풍월을 향해 섬전처럼 쏘아졌다.

날아든 칼은 여섯 자루였지만 풍월의 눈에는 오직 하나의 칼만 보였다.

막강한 내력을 품은 여섯 자루의 칼이 꼬리를 물고 오직 한 점을 향해 짓쳐들었다.

이름 하여 육뢰일점사(六雷一點射).

육도마존이 활동하던 당시 가장 악명을 떨친 초식이었다.

풍월은 즉시 반응했다.

자하신공을 극성으로 운용하며 그 힘을 묵운에 담아 주변에 강기의 막을 치고, 동시에 묵천심공의 막강한 힘을 바탕으로 풍뢰도법 최후의 절초라 할 수 있는 풍뢰극을 펼쳤다.

첫 번째 칼이 도착했다.

묵운이 펼쳐낸 강기막을 뚫느라 위력이 약해진 칼은 풍뢰극의 힘을 감당하지 못하고 힘없이 튕겨져 나갔다.

두 번째 칼 역시 강기막을 뚫느라 위력이 약해졌기에 풍뢰극의 힘을 감당하지 못했다.

하지만 세 번째 칼부터는 양상이 조금 달랐다.

풍월이 필사적으로 강기막을 펼쳤으나 이전과 같은 위력이 없었다. 풍뢰극으로 감당하기가 버거울 수밖에 없었다. 게다가 위력이 큰 만큼 소모되는 내력도 막대했다. 그렇잖아도 부족했던 내력이 순식간에 바닥을 드러냈다.

네 번째 칼을 막아냈을 때 풍월의 코와 입에서 검붉은 선혈이 콸콸 쏟아져 나오고 있었다.

다섯 번째 칼이 강기막은 물론이고 풍뢰극의 힘마저 뚫어내고 풍월의 왼쪽 어깨를 훑고 지나갔다. 단순히 스쳐 지나간 것에 불과함에도 한 움큼의 살점이 뜯겨져 나갔고 피가 솟구쳤다.

"음."

나직한 신음과 함께 풍월의 몸이 휘청거렸다.

몸을 추스를 여유가 없었다.

위지허가 날린 마지막 칼이 코앞까지 이르렀기 때문이다.

풍월은 목구멍을 타고 넘어오는 울혈을 억지로 삼키며 묵운과 묵뢰를 힘차게 휘둘렀다.

꽝!

거대한 폭발음과 함께 강기막을 갈가리 찢어발긴 칼이 풍뢰극의 힘마저 간단히 제압하며 짓쳐들었다.

묵운이나 묵뢰를 움직여 막아야 했으나 충격의 여파로 손끝 하나 까딱할 힘이 없었다. 그나마 묵뢰는 어디로 사라졌는지 보이지도 않았다.

칼이 심장에 박히려는 순간, 풍월이 몸을 비틀었다. 그것이 그가 할 수 있는 최후의 발악이었다.

퍽!

둔탁한 소리와 함께 풍월의 몸이 끊어진 연처럼 힘없이 날아가 처박혔다.

정신이 아득했다. 어깨에서 시작된 통증이 전신으로 퍼지며 형언할 수 없는 고통이 밀려들었다.

꼴사나운 모습으로 죽을 수 없다는 생각에 묵운을 의지해 억지로 몸을 일으켰다. 사라졌던 묵뢰가 그의 발치에 날아와 박혔다.

묵뢰를 확인한 풍월의 입가에 씁쓸한 미소가 지어졌다.

"실패… 네."

원래의 계획대로라면 묵뢰는 자신에게 다시 돌아오면 안 되는 것이다.

"기가… 막히는군."

위지허는 어이가 없다는 얼굴로 자신의 옆구리를 바라보

왔다.

살이 쩍 벌어진 곳에서 흥건하게 피가 흘러내렸다. 조금만 더 깊었으면 내장이 비집고 튀어나왔으리라. 아니, 조금만 더 반응이 늦었다면 단순히 내장이 문제가 아니라 아예 단전에 칼이 꽂혔을 것이다.

위지허가 옆구리를 지그시 누르며 풍월을 향해 걸어왔다.

"허허! 대단하구나. 그 위급한 상황에서까지 최후의 한 수를 염두에 두다니."

위지허가 진심 어린 말투로 풍월을 칭찬했다.

풍월이 실소를 지었다.

"최후의 한 수가 아니라 그저 마지막 발악이외다. 결국 실패했지만."

말은 그리하면서도 풍월은 못내 아쉬웠다.

묵뢰에 조금만 더 힘을 실을 수 있었다면 어쩌면 승패가 갈렸을 수도 있었기 때문이었다.

위지허는 그런 풍월을 물끄러미 바라보았다.

강호 초출임에도 불구하고 무수한 실전을 겪은 무인처럼 움직임이 능수능란한 데다가 임기응변도 발군이다. 화산검선과 철산마도가 그를 어찌 훈련시켰는지 눈에 훤히 보일 정도였다.

게다가 무림사에서 찾아볼 수 없는, 동시에 두 가지 무공을 자유자재로 사용할 수 있는 능력을 지녔으니 앞으로 얼마나 더 성장할지 가늠이 되지 않을 정도의 인재다.

이대로 끝내기엔 풍월이 지닌 재능이 너무 아까웠다.

"노부가 제안을 하나 하마."

"……."

"우리에게 귀순(歸順—반항심을 버리고 순종함)해라. 하면 목숨을 살려주는 것은 물론이고, 지금보다 더욱 크게 성장할 수 있도록 노부가 책임지고 도와주마."

설마하니 위지허가 그런 제안을 할지 상상도 하지 못한 풍월이 멍한 얼굴로 바라볼 때 슬그머니 다가와 있던 사마조가 당혹스러운 얼굴로 위지허를 불렀다.

"대장로님."

사마조를 돌아보지도 않고 손을 들어 그의 말을 막은 위지허가 풍월에게 다시 말했다.

"화산이나 철산도문 어디에도 적을 두지 않았다고 들었다. 맞느냐?"

"그렇긴 합니다만……."

"하면 고민할 것도 없지 않느냐? 개천회는 그들 이상으로 너를 품을 수 있다."

개천회란 말에 풍월의 눈동자가 반짝거렸다.

"암중 세력이 개천회란 이름으로 불리는군요."

사마조가 인상을 찌푸렸지만 위지허는 신경도 쓰지 않았다.

"맞다. 개천회다. 장차 무림에 군림할 위대한 곳이지."

"뭐, 그럴 수도요."

풍월이 시큰둥하게 대꾸했다. 군림이란 이름에 묘하게 거부감이 들었다.

"제안은 고맙습니다만 거절하겠습니다."

풍월의 거절에 위지허의 미간이 순간적으로 꿈틀댔다.

"이유가 무엇이냐?"

위지허가 착 가라앉은 목소리로 물었다. 거절할 가능성이 상당하다고 여기고 있었기에 노하거나 화가 난 것은 아니었다.

"불구대천까지는 아니더라도 악연이 깊네요. 그다지 함께하고 싶은 마음도 없고."

"흠."

풍월의 눈빛에서 그의 결심을 읽은 위지허는 미련을 두지 않았다.

"아쉽지만 어쩔 수 없는 일이겠지."

고개를 끄덕인 위지허가 풍월을 향해 걸었다.

아직도 풍월의 어깨에 박혀 있는 칼을 회수함과 더불어 확실하게 마무리를 할 생각이었다. 만에 하나라도 풍월이 이곳을 빠져나간다면 장차 가장 큰 적으로 성장할 것이 뻔하기 때문이었다.

위지허가 다가옴에도 풍월은 아무런 행동을 할 수가 없었다. 이미 어떤 저항을 하거나 반응을 보일 힘조차 남아 있지 않았다.

위지허의 발걸음을 막은 것은 한 자루의 검이었다.

난데없이 날아든 검에 위지허는 혹여 사마조에게 어떤 위험이 미칠까 걸음을 멈추고 검을 막았다.

꽝!

격렬한 충돌과 함께 위지허가 세 걸음을 뒤로 물러났다.

위지허는 조금은 긴장된 표정으로 자신에게 검을 던진 상대를 살폈다.

봉두난발에 전신이 피로 물든 괴인이 검을 회수하며 다가오고 있었다.

곳곳이 찢어지고 피와 먼지가 뒤엉켜 붙어 넝마가 되다시피 한 옷이었으나, 매화가 수놓아진 옷은 분명 화산파의 도복이다.

"괜찮으냐?"

괴인이 풍월의 어깨를 가만히 짚으며 물었다.

"자, 장문인께서 어찌……."

풍월은 갑자기 나타난 도선을 보며 두 눈을 부릅떴다.

도선은 풍월의 질문에 미소로 답하며 말했다.

"아직은 시간이 있다. 노도가 저자를 상대할 테니 어서 이 곳을 빠져나가라."

"하지만……."

풍월이 뭐라 대꾸를 할 때 도선이 손짓을 하자 어느새 나타난 화산파 제자 둘이 풍월의 몸을 부축했다.

치열한 싸움을 벌인 것인지 그들 역시 피를 흠뻑 뒤집어 쓴 상태였다.

"네가 화산을 못마땅하게 생각하는 건 알고 있다. 당연하겠지. 그런 대접을 받았으면 누구라도 그런 마음을 품을 것이야. 하지만 풍월아."

도선이 부드러운 미소와 함께 풍월을 불렀다.

"예, 장문인."

"너무 미워하지 말거라. 그리고 한 번쯤은 화산을 생각해 줬으면 싶구나."

"……."

"어려운 부탁이더냐?"

"아, 아닙니다."

풍월이 황급히 고개를 저었다.

"그럼 되었다."

말을 마친 도선이 몸을 돌리자 풍월을 부축하고 있던 화산파의 제자들도 곧바로 땅을 박차고 뛰기 시작했다.

"자, 잠깐······."

풍월이 다급히 소리쳤지만 도선과는 이미 순식간에 멀어진
상태였다.

제47장

교토삼굴(狡兔三窟)

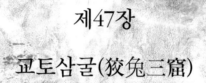

"컥!"

외마디 비명과 함께 곡한의 신형이 무너져 내렸다.

눈을 감는 순간에도 끝까지 무기를 놓지 않는 그를 보며 육잠은 학을 뗀 표정으로 고개를 흔들었다.

"괜찮으십니까?"

사마조가 걱정스러운 눈길로 육잠을 바라보았다.

패천마궁의 수뇌들을 상대하며 육잠이 당한 부상은 결코 가볍지 않았다. 특히 곡한과 궁천위의 합공은 육잠도 감당키 힘들 정도로 대단했다. 결국 승리를 거두고 천문금쇄진을 다시 펼칠 수 있는 장소를 확보했지만 육잠 역시 만신창이가 되고 말았다.

"괜찮아. 한데 대장로님은?"

"화산파의 장문인과… 이미 끝났군요."

사마조가 도선을 쓰러뜨리고 걸어오고 있는 위지허를 보며 가볍게 미소 지었다.

"대장로님의 실력이야 말코 따위가 댈 것이 아니지. 아무튼 이거 꼴이 말이 아니군. 패천마궁을 대표하는 수뇌들이라고 하더니만 역시 만만찮은 실력을 지녔어."

"패천마궁에서 다섯 손가락 안에 꼽히는 고수들의 합공을 깨신 겁니다."

사마조의 칭찬이 육잠이 괴소를 터뜨렸다.

"흐흐흐! 기분 나쁘지 않은 칭찬이군. 하지만 많이 부족해. 만약 파천신부가 살아서 내 꼴을 보았다면 비웃음을 흘렸을 것이네. 그간 이만하면 충분히 성과를 냈다고 자만한 꼴이 우습군."

웃음을 멈춘 육잠이 잠시 물러나 호흡을 가다듬고 있는 추 망우를 바라보았다.

십대고수에 올라 있다 하더라도 그다지 신경 쓰지 않았다.

은거기인들이 모조리 뛰쳐나왔던 정마대전 당시와 그 이후 잠깐은 몰라도 무림엔 무림인명록에 이름을 올리지 못한, 아니, 정확히는 오르기를 원치 않은 진짜 고수들이 많았다.

당장 개천회에서만 십대고수를 능가하는 이들이 자신을 포함하여 다섯은 되었다. 지금 당장 그들과 싸운다고 하더라도 능히 제압할 자신도 있었다.

하지만 당가의 식솔들을 상대하는 추망우를 보며, 쇠약해진 무적검성을 상대하며 자신이 그들을 얼마나 얕보고 있었는지 깨닫게 되었다.

"당가, 저 친구 혼자 상대한 거지?"

육잠이 추망우를 턱짓으로 가리키며 물었다.

"거의 그렇습니다. 어찌나 지독하게 그들을 견제하였는지 다른 문파들과는 달리 당가의 식솔 중에선 아무도 이곳을 빠져나가지 못했습니다."

"허! 그렇게까지?"

"예, 그리고 확실히 알게 되었습니다. 한 인간의 원한이 하늘에 이르면 얼마나 무섭고 잔인해질 수 있는지를요."

사마조는 온전한 시신을 남기지 않는 추망우의 잔인한 손속을 떠올리며 몸을 살짝 떨었다.

"그나저나 바위가 이리 부서져서야 천문금쇄진도 소용없는 것 아닌가?"

육잠이 산산조각이 난 바위들의 잔해를 발로 툭툭 건드리며 말했다.

"이가 없으면 잇몸으로라도 씹어야지요. 바위를 대체할 만한 것을 생각해 두었습니다."

"그게 무엇이냐?"

어느새 다가온 위지허가 물었다.

육잠은 붉게 물든 위지허의 옆구리를 보며 깜짝 놀랐다.

"대장로께서도 부상을 당하신 겁니까?"

"부상만? 하마터면 황천길을 갈 뻔했지."

위지허의 농에 육잠은 탄성을 내뱉었다.

"말코 도사가 다르긴 하군요. 그래도 화산파의 장문인이라고 제법 뛰어난 무공을 지녔던 모양입니다."

"그자가 아니라네."

쓰게 웃은 위지허가 풍월이 내뺀 적진으로 고개를 돌렸다.

"예, 말코 도사가 아니라면 대체 누가……."

사마조가 위지허를 대신해 말했다.

"풍월이란 놈입니다."

"풍… 월이라면…… 아, 사사건건 우리 일에 방해가 됐던 그 애송이?"

"예."

"그놈이 진정 대장로님의 목숨을 위협할 정도였단 말입니까?"

육잠이 믿어지지 않는다는 얼굴로 다시 물었다.

"잠깐 방심을 하기는 했지만 위험했지. 이 상처가 그 증거고."

위지허가 옆구리의 상처를 조심히 매만지며 말을 이었다.

"본회로 끌어오고 싶었지만 거절하더군."

"허!"

육잠의 입에서 탄성이 절로 나왔다.

풍월이 거절한 것은 그럴 수 있다. 제 잘난 맛에 사는 애송이들은 세상 무서운지 모르니까.

놀라운 것은 그런 제안을 한 사람이 바로 대장로라는 점이다.

대체 어느 정도의 가능성을 보았기에 지금과 같은 상황에서 탐을 내는 것인지 궁금할 정도였다.

"앞으로 발전할 가능성이 무궁무진한 녀석일세. 솔직히 이대로 성장하면 얼마나 클지 가늠조차 되지 않아."

육잠은 또 한 번 크게 놀랐다.

위지허가 이 정도까지 칭찬을 하는 인물은 지금껏 본 적이 없기 때문이었다.

"하지만 어쩔 수 없지요. 제 놈이 복을 차버렸으니까요."

위지허와는 달리 처음부터 풍월을 탐탁지 않게 생각하고 있던 사마조는 위지허가 다시금 풍월을 욕심낼까 걱정하며 뒤따르던 수하들을 향해 얼른 손짓했다.

수하들이 커다란 칼 다섯 자루를 가지고 달려와 바위가 부서진 곳에 자리를 잡자 사마조가 착 가라앉은 음성으로 말했다.

"정확히 한 자의 깊이로 꽂아야 한다. 칼을 꽂는 순서는 너부터다. 순서는 제대로 숙지를 했지?"

"예."

수하들이 긴장된 얼굴로 고개를 끄덕였다.

"그럼 시작해라."

사마조의 명이 떨어지자 가장 좌측에 섰던 사내가 힘차게 칼을 꽂았다.

다섯 자루의 칼이 순식간에 땅에 박혔다.

사마조의 명대로 제대로 순서를 지켰지만 워낙 빠른 동작으로 일어난 터라 거의 동시에 박힌 것 같은 착각이 들 정도였다.

마지막 칼이 땅에 박히는 순간, 분지 전체가 뒤흔들렸다.

풍월이 바위를 깼을 때와 거의 비슷한 반응이었다.

다만 바위가 깨지면서 천문금쇄진이 흔들렸다면, 이번엔 흔들렸던 천문금쇄진이 원래의 기능을 회복했다는 것이 다른 점이었다.

"이제야말로 완벽하게 독 안에 든 쥐가 되었군."

육잠은 한쪽으로 밀려난 군웅들을 보며 비웃음을 흘렸다.

천문금쇄진이 제 기능을 회복하자 그렇잖아도 힘겹게 싸움을 이어가던 군웅들은 크게 흔들렸다.

하나뿐인 생로마저 막힌 상황에서 그들이 선택할 수 있는 길은 오직 두 가지뿐이었다.

항복을 하고 목숨을 구걸하거나, 끝까지 싸우다 장렬하게 죽거나.

궁지에 몰린 쥐가 고양이를 문다고 했던가.

사마조는 물러날 곳이 없는 적들이 죽기를 각오하고 덤비면 아군에도 상당한 피해가 있을 것이라 판단하고 항복을 권했다.

개천회를 믿지 못하는 대다수의 군웅들은 끝까지 싸울 것을 선언하며 전의를 다졌다.

하나 항복을 택한 자들의 수도 상당했다. 그들 대부분은 군소문파, 혹은 개인적으로 천마총에 뛰어들었다가 미처 빠져나가지 못한 사람들이었다.

사마조는 항전을 선택한 자들에게 자비를 베풀 생각이 없었다. 곧바로 공격 명령을 내렸고 은검단을 주축을 한 개천회의 무인들은 말 그대로 맹공을 퍼부었다.

정무련과 패천마궁의 정예들을 주축으로 한 군웅들이 필사적으로 저항을 했지만 중과부적이었다.

군웅들을 이끌어야 할 대부분의 존장들이 이미 생로를 통해 빠져나갔거나 개천회 고수들의 공격으로 인해 목숨을 잃은지라 버텨볼 여력이 없었다.

"이제 곧 마무리가 되겠군요."

사마조가 천마동부의 입구까지 밀려간 군웅들을 보며 말했다.

"또 모르지 천마동부로 기어들어가 쥐새끼처럼 버텨보려고 하려는지."

육잠이 코웃음을 칠 때였다. 거대한 폭음과 함께 천마동부 인근에서 자욱한 연기가 피어올랐다.

"무슨 일이냐?"

육잠이 소리쳐 물었지만 딱히 대답하는 사람이 없었다.

잠시 후, 사마조의 명을 받고 천마동부로 뛰어갔던 수하가 돌아와 보고를 하며 폭음의 이유가 밝혀졌다.

천마동부 안쪽으로 밀려들어 간 적들이 아예 통로를 무너뜨렸다는 말에 육잠이 어처구니없는 표정을 지었다.

"쥐새끼처럼 버티는 것이 아니라 아예 자폭을 했구나."

"피해는? 놈들을 추격해 들어갔을 것 아냐?"

사마조가 다급히 물었다.

"동굴 안쪽으로 추격을 하던 은검단원 중 열일곱 명이 목숨을 잃은 것으로 확인되었습니다."

"……."

사마조가 입술을 질끈 깨물었다.

고작 잔당을 처리하는 과정에서 은검단원 열일곱을 잃었다는 것은 너무도 큰 피해였다.

위지허와 혀를 차는 육잠의 표정도 덩달아 어두워졌다.

"완전히 무너져 내린 것이냐? 생존자는 찾을 수 없고?"

사마조가 힘없이 물었다.

"예, 개미 새끼 한 마리도 통과하지 못할 정도라고 합니다."

"알았다. 혹시 모르는 통로가 있는지 확인을 하라 전해라."

"알겠습니다."

수하가 물러나자 사마조의 입에서 긴 한숨이 흘러나왔다.

"그렇게 애석해하지 마라. 예기치 못한 사고까지 어찌할 수는 없는 것이다."

위지허가 자책하는 사마조를 달랬다.

"대장로님의 말씀이 맞네. 솔직히 이 정도 피해를 예상 못한 것은 아니지 않나. 전체적으로 살폈을 때 오히려 처음 예상보다 훨씬 피해가 적은 편이고. 뭐, 천마동부를 직접 살펴보지 못하는 것은 아쉬운 일이나 딱히 더 이상은 찾을 것도 없다고 들었는데."

"그건 그렇습니다."

사마조가 힘없이 고개를 끄덕였다. 두 장로의 위로에도 그의 표정은 펴질 줄 몰랐다.

"으으음."

풍월의 입에서 나직한 신음이 흘러나오자 벽에 기대서 잠시 휴식을 취하고 있던 유연청이 팅기듯 다가왔다.

"정신이 듭니까?"

풍월이 천천히 눈을 떴다.

"내가 누군지 알아보겠어요?"

유연청이 환한 얼굴로 물었다.

풍월은 아무런 대꾸 없이 천장만 바라보았다.

눈을 뜨긴 떴으나 눈동자엔 아직 총기가 돌아오지 않은 상태였다.

풍월이 입을 연 것은 제법 시간이 흐른 뒤였다.

"어떻게 된 거야? 여긴 어디… 윽!"

몸을 일으키려던 풍월이 짧은 신음을 내뱉으며 오만상을 찌푸렸다.

어깨에서 시작된 지독한 통증이 한참 동안이나 견디기 힘든 고통을 안겼다.

"천마동부입니다. 이곳은 천마동부 내부에 있는 작은 동굴이고요. 상처가 깊어서 습기가 높은 곳보다는 아무래도 이곳이 나을 거라는 의견이었습니다."

"누가?"

"풍 형을 치료한 당가의 소저께서……."

"치료? 아!"

풍월은 자신의 기억이 남아 있는 시점까지 위지허의 칼이
자신의 어깨에 꽂혀 있었음을 떠올렸다.

"당가의 식솔이 칼을 뽑은 거야?"

"예, 꽤나 많은 피가 흘러나왔습니다. 큰 핏줄을 다쳤는지
지혈도 잘되지 않아서 다들 걱정을 많이 했지요. 아, 이럴 게
아니라 풍 형이 깨어난 것을 알려야겠습니다."

유연청이 아차 싶은 얼굴로 일어나려 할때 풍월의 그의 팔
을 잡았다.

"잠깐만."

"왜요?"

"사람들에게 알리기 전에 대충 설명이나 해줘. 현재 어떤 상
황인 거야?"

풍월의 물음에 엉거주춤 주저앉은 유연청이 침통한 표정으
로 입을 열었다.

"패천마궁의 수뇌들이 쓰러지고 놈들이 기물을 설치하면서
천문금쇄진이 정상으로 돌아왔습니다. 풍 형이 만들어낸 생
로도 사라지고, 기억나십니까?"

"그래, 거기까지는. 놈들이 투항을 권유하는 것까지는 기억
이 나. 네가 그때부터 나를 부축했다는 것도. 그래서, 끝까지

싸운 거야?"

"싸운 사람도 있고 투항한 사람도 있어요. 놈들의 항복 권
유를 받지 않고 마지막까지 싸우겠다는 사람들이 훨씬 많았
지만……."

유연청이 말끝을 흐리자 풍월은 그 의미를 바로 알아차렸
다.

"얼마나 살아남은 거야?"

"스무 명 남짓이요. 통로가 너무 급격하게 무너지면서 생각
보다 많은 사람들이 죽었어요."

유연청의 말이 풍월이 고개를 갸웃거렸다.

"통로가 무너져? 왜? 아니, 그보다 천마동부엔 왜 들어와 있
는 건데?"

풍월의 질문에 정작 의아해한 사람은 유연청이었다.

"기억 안 나세요?"

"뭐가?"

"천마동부로 도망쳐야 살 수 있다고 한 사람이 풍 형이었어
요. 동굴을 무너뜨리라는 사람도 풍 형이었고."

유연청의 말에 풍월이 동그래진 눈으로 되물었다.

"내가?"

뭔 소리를 했는지 전혀 기억나지 않는 표정이었다.

"네, 저만 들은 게 아니라 화산파의 제자분들도 같이 들었

어요. 그래서 천마동부로 피신을 한 거고요."

풍월이 고개를 갸웃거렸다. 기억이 날 듯하면서도 정확하지가 않았다.

"그런데 넌 왜 여기 있어? 어째서 탈출하지 않은 거야?"

"순서에서 밀렸습니다."

"순서에서 밀려? 말이 안 되잖아. 별 쓰잘데기 없는 놈들도 서둘러 탈출하는 마당에 녹림을 대표해 화평연의 비무대회에 참가한 네가 밀린다는 것이."

풍월이 목소리를 높이자 유연청이 쓴웃음을 지었다.

"그래봤자 녹림은 여전히 변방이지요. 게다가 워낙 느리게 움직이는 터라 처음이 아닌 이상 조금 더 일찍 탈출해 봤자 별 의미는 없었을 겁니다."

"젠장, 모르겠다."

고개를 흔든 풍월이 문득 생각났다는 듯 물었다.

"참, 그 화산파의 제자들은 어디에 있지?"

풍월의 물음에 유연청의 표정이 다시 어두워졌다.

"죽었습니다. 동굴의 통로가 무너지면서."

"아, 맞다. 동굴의 통로를 무너뜨렸다고 했지."

풍월의 입에서 안타까운 탄식이 터져 나왔다.

"당가가 지니고 있던 화기를 이용해 무너뜨렸는데 동굴의 지붕이 예상보다 광범위하게 무너지는 바람에 피해가 컸습니다."

유연청은 동굴이 무너질 때 마지막까지 살아남았던 녹림의
식솔들이 모조리 숨진 것을 떠올리며 잠시 눈시울을 붉혔다.

"그럼 밖에 있는 사람들은? 그들의 소식은 모르는 건가?"

"생로를 통해 탈출한 사람들은 어찌 됐는지 알 수 없지만,
끝까지 항전했던 사람들은 모두 쓰러졌습니다. 마지막 남은
사람들이 최후의 순간에 선택한 것이 천마동부였으니까요."

"생로를 통해 탈출을 한다고 해도 결코 쉬운 일이 아니지.
천문금쇄진이 다시 발동되었을 때 빠져나갔을지도 의문이군.
일부는 갇혔을 거다. 아니, 빠져나갔다고 해도 걱정이네. 개천
회 놈들이 진을 치고 있을 가능성이 있는데."

풍월은 가장 먼저 탈출한 형웅과 뒤늦게 부상당한 사부를
업고 탈출한 구양봉을 떠올리며 걱정을 했다.

"개천회요?"

유연청이 눈을 크게 뜨며 물었다.

"암중 세력 말이야. 스스로를 개천회라 부르더라고. 항복하
고 개천회의 밑으로 들어오라는데 그럴 수야 없지. 그동안 놈
들에게 당한 게 얼만데."

풍월이 코웃음을 치며 말했다.

"그렇… 군요. 개천회……"

유연청은 개천회라는 이름을 몇 번이나 되뇌다 갑자기 굳

은 표정으로 풍월을 바라보았다.

"그런데 정말 기억나지 않는 겁니까? 만약 그렇다면 이곳에 갇혔다는……."

유연청은 차마 뒷말을 잇기가 두려운지 말끝을 흐린 채 두려움에 떨었다.

"솔직히 지금도 기억은 나지 않는다. 아, 그렇다고 너무 걱정은 하지 말고."

풍월은 유연청의 낯빛이 새하얗게 변하는 것을 보며 황급히 말을 이었다.

"정신이 혼미한 상황에서 그렇게 말을 했다면 분명 그럴 만한 이유가 있지 않을까?"

"예? 그렇다면……."

유연청이 기대감 어린 눈빛으로 풍월을 응시했다.

"맞아. 이곳에서 빠져나갈 방법이 있다."

"역시 그렇군요!"

유연청이 풍월의 손을 덥석 잡아 흔들며 소리쳤다.

몸이 흔들린 풍월이 고통의 신음을 내뱉자 아차 싶은 얼굴로 황급히 손을 놨다.

"죄, 죄송합니다. 제가 그만 흥분해서."

"괜찮아. 그럴 수도 있는 거지."

억지로 웃음을 짓던 풍월이 얼굴이 목 밑까지 빨개진 유연청을 보며 가볍게 농을 던졌다.

"뭘 그리 잘못했다고 얼굴까지 빨개지냐?"

"아, 아니 그게 아니라……."

"좀 일으켜 줘. 나가봐야겠다."

풍월이 유연청을 향해 손을 내밀었다.

"조금 더 쉬는 것이 낫지 않을까요?"

"다들 불안해하고 있을게 뻔한데 혼자 편안히 누워 있을
수는 없잖아. 이런 상처는 또 움직여야 빨리 낫는 법이다."

"알겠습니다."

유연청이 조심스레 손을 내밀자 풍월이 그의 손을 잡았다.

천천히 상체를 일으키고 자리에서 일어난 풍월이 유연청의
몸에 기대다시피 하며 걸음을 내디뎠다.

유연청이 혹여 풍월이 불편해하거나 고통스러워하지는 않
는지 최대한·신경을 쓰고 있는 사이 풍월은 군웅들이 천마동
부를 떠나기로 결정하기 직전, 제갈중과 나누던 상황을 떠올
리고 있었다.

"지금 다른 통로가 있다고 하신 겁니까?"

풍월이 깜짝 놀라며 물었다.

"쉿! 목소리가 너무 크네."

제갈중이 황급히 주변을 돌아보며 눈짓을 했다.

"정말 다른 통로가 있는 겁니까? 다들 눈에 불을 켜고 샅샅이 살펴보았지만 아무도 눈치를 채지 못했습니다."

믿기 힘들어하는 풍월을 보며 제갈중이 씨익 웃었다.

"교토삼굴(狡兔三窟—교활한 토끼는 굴을 세 개 파 놓는다)이란 말이 있지. 딱히 맞는 비교 같지는 않지만 아무튼 천마동부엔 우리가 들어온 통로 말고 또 다른 통로가 존재하네."

"확실한 겁니까?"

풍월은 여전히 믿기 힘들다는 표정이었다.

"직접 확인은 하지 못했지만 천마도에 대한 해석이 틀리지 않았다면 또 다른 통로는 틀림없이 존재하네."

제갈중이 천마도를 언급하자 풍월이 미간을 모았다.

"그런 말씀은 없으셨던 것으로 기억합니다만."

"당시에 어떤 의미로 해석해야 하는지 정확히 파악하지 못했으니까. 하지만 이곳에 와 직접 천마동부를 살피면서 그 의미를 알게 되었네. 더 놀라운 사실을 알려줄까?"

제갈중의 목소리가 한층 더 신중해졌다.

풍월은 자신도 모르게 주변을 살피며 그에게 귀를 가까이 들이댔다.

"천마의 진짜 무덤은 이곳이 아니라 다른 곳에 있네. 아주 가까우면서 전혀 엉뚱한 곳에."

"……"

풍월은 순간적으로 입을 틀어막았다.

조금만 반응이 늦었더라도 입에서 비명과도 같은 탄성이 터져 나왔을 것이다.

"그, 그게 사실입니까?"

풍월이 떨리는 음성으로 물었다.

"틀림없네."

풍월은 떨리는 가슴을 진정시키느라 한참이나 입을 열지 못했다.

겨우 평정심을 회복한 풍월이 전에 없이 진지한 표정으로 물었다.

"한데 어째서 제게 그런 말씀을 하시는 겁니까?"

제갈중이 헛웃음을 내뱉었다.

"왜 욕심을 내지 않느냐는 말을 하는 건가?"

"솔직히 말씀드려서 그렇습니다. 그곳에 무엇이 우리를 기다리고 있을진 모르나 어쩌면 천마 조사의 모든 것을 얻을 수도 있습니다."

"그럴 수도. 하지만 얻는다고 해서 뭘 하겠는가? 천하의 제갈세가라네. 본가가 천마의 무공을 익히는 것이 말이 된다고 믿는가?"

"……"

풍월은 아무런 대꾸 없이 제갈중의 얼굴에 시선을 고정시킨 채 다음 말을 기다렸다.

"본가 역시 무공의 필요성은 충분히 알고 있네. 열심히 노력한 덕분에 최근 들어 그 성과를 보고 있고. 아직은 많이 부족하지만."

제갈중이 민망한 웃음을 흘리며 말을 이었다.

"하나, 그렇다고 본가가 천마의 무공을? 절대로 있을 수 없는 일이지. 조상님들이 무덤을 박차고 뛰쳐나오실 일이야. 그렇다고 패천마궁에 넘길 수는 없지. 지금도 저리 강성한 패천마궁에 천마의 무공이 넘어간다고 가정해 보세. 당장은 아닐지 몰라도 머지않은 미래에 어떤 일이 벌어질 것 같나?"

"제이의 정마대전이 벌어진다고 여기시는군요."

"확신하네. 힘을 가진 자들은 그 힘을 과시하고 싶은 법이거든. 더구나 무림처럼 그런 성향이 강한 곳도 없지. 패천마궁은 그런 무림에서도 으뜸이고. 지금도 상대하기 버거운 패천마궁에 고금제일인으로 추앙받는 천마의 무공이 가세한다면 정무련의 힘으로는 그들을 감당하지 못할 걸세."

"그렇겠지요."

풍월은 고개를 끄덕이며 제갈중의 말에 동의했다.

"처음엔 그냥 묻어둘까 생각도 했네. 하지만 그건 또 아니다 싶었지. 천마총이 만들어진 배경에는 무림에 알려지지 않은 어떤 음모가 끼어 있다고 보네. 팔대마존은 물론이고 천마의 실종과는 전혀 연관이 없다는 우내오존의 무공까지 발견이 되었네. 분명 뭔가 있어. 게다가 우리가 천마도를 이용해 이곳에 도착한 것 역시 암중 세력의 음모로 인한 것. 이쯤 되면 억울해서라도 정확한 천마의 진짜 무덤을 찾아야 할 것 같지 않나. 그런 의미에서 자네만 한 적임자가 없거든."

"제가요?"

"화산검선과 철산마도의 후예이면서도 화산과 철산도문 어느쪽에도 속하지 않고 나름 균형을 잘 잡고 있지. 게다가 천마도라는 희대의 보물을 자기 자신의 욕심이 아니라 대의를 위해 아낌없이 내놓은 사람이 바로 자네였네."

"하하! 거창하게 대의까지는……."

풍월이 민망한 웃음을 지었다.

천마도를 이용해 수해를 당한 이들을 돕고 가짜 천마도로 인해 무림의 혼란을 막은 것은 분명 사실이지만 천마도의 비밀을 공개하게 된 배경에는 암중 세력을 엿 먹이려는 의도도 상당키 때문이었다.

"어쨌거나 자네만 한 적임자가 없네. 하니 거절하지 말게나. 우선 다른 통로를 찾는 방법은……."

풍월의 회상은 거기서 끝났다.

유연청의 부축을 받고 동굴을 나서기가 무섭게 사방에서

생존자들이 달려왔기 때문이었다.

"깨어나셨군요."

가장 먼저 달려온 당령이 활짝 웃으며 소리쳤다.

풍월이 대답을 하기 전 유연청이 속삭이듯 말했다.

"풍 형을 치료해 준 분입니다."

"아!"

풍월은 조금 전 유연청이 말한 당가의 소저가 당령임을 알고 깜짝 놀랐다.

당령은 당가를 대표해 화평연의 비무대회에 나설 정도로 뛰어난 후기지수다. 그런 그녀가 천마동부에 남아 있을 줄은 전혀 생각지 못한 일이었다.

"절 구해주신 분이 당 소저라 들었습니다. 감사합니다."

풍월이 당령을 향해 정중히 고개를 숙였다.

"아니요. 딱히 한 것은 없어요. 그저 어깨에 박힌 칼을 뽑고 금창약을 바른 정도지요."

당령이 배시시 웃으며 말했다.

단순하기 짝이 없는 치료 과정에서 풍월이 몇 번이나 저승 문턱을 두드렸다는 것을 굳이 언급하지 않았으나 풍월은 유연청을 통해 그녀가 얼마나 애를 썼는지 너무도 잘 알고 있었다.

"하루가 지나지 않아도 정신이 돌아오지 않아 걱정을 많이

했어요. 깨어나셔서 정말 다행입니다."

당령의 환한 웃음에 풍월의 가슴이 두근거렸다.

화산검회에서 처음 만났을 때부터 이미 느꼈지만 그녀의 미모는 정말 인간의 것이라 할 수 없을 정도였다. 군산에서, 그리고 바로 천마동부를 찾아오는 동안 짧게나마 몇 번 대화를 나누었음에도 아직까지 적응이 되지 않았다.

당령과 인사를 나누고 있을 때 천마동부의 생존자들이 모두 모였다. 풍월은 그들 중 거의 삼분지 일이 넘는 인원이 당가의 식술이라는 것을 확인하곤 놀라움을 감추지 못했다.

"당가의 활약이 대단했던 모양이군요."

풍월의 감탄에 당령의 입가에 쓰디쓴 미소가 걸렸다.

"한 명도 빠져나가지 못했으니까요."

"예?"

풍월이 그녀의 말을 전혀 이해하지 못한 얼굴로 반문했다.

"당가에선 아무도 이곳을 빠져나가지 못했어요."

"그럴 리가요. 생로가 확보되었고 여러 문파에서 많은 이들이 탈출을 했는데 어째서……."

당령의 풍월의 말을 잘랐다.

"독괴 추망우. 그가 우리의 발목을 잡았어요."

"아! 독괴!"

풍월은 적들 중 가장 먼저 천마동부에 도착한 추망우가 무차별적으로 당가를 공격했음을 떠올렸다.

"생로가 열렸을 때 가장 멀리 떨어진 상황인 데다가 추망우는 물론이고 그의 명을 받은 수하들이 어떻게든 우리의 발걸음을 막으려고 하였지요. 결국 아무도 탈출하지 못했어요. 한데 마지막 순간엔 오히려 가장 많이 살아남았으니 이 또한 묘한 일이네요."

당령이 힘없이 웃으며 주변을 돌아보았다. 당가의 식솔들 모두 그녀와 같은 표정을 짓고 있었다.

그들을 보던 풍월의 가슴 한편이 무거워졌다. 당가의 식솔들, 그와 가장 인연이 깊다고 할 수 있는 당하곤이 보이지 않았다.

"당 선배는 어찌 된 겁니까?"

풍월이 조심스레 당하곤의 안부를 물었다.

"숙부님은 추망우 그자에게……."

당령은 말을 잇지 못하고 입술을 지그시 깨물었다.

"그렇… 군요. 죄송합니다."

풍월이 안타까운 표정으로 사과를 했다.

"아닙니다. 풍 공자께서 죄송할 일은 아닙니다."

손사래를 치며 애써 밝은 표정을 짓는 당령. 바로 그때 뒤쪽에서 패나 불쾌한 음성이 들려왔다.

"인사치레는 그쯤하고 이제는 말을 해줘야 할 것 같은데."

풍월의 고개가 음성의 주인에게 향했다.

"천마동부로 피신을 하면 살 방법이 있다고 했다지? 그대의 말을 듣고 우리 모두가 이곳에 갇혔다. 살 방법이 있다고 했던 말, 확실한 건가?"

쇠를 긁는 듯한 불쾌한 음성의 주인, 당가에 이어 가장 많은 생존자를 보유한 승룡검파의 문주 양산웅이 거만한 자세로 풍월에게 질문을 던졌다.

양산웅을 알아본 풍월의 인상이 확 구겨졌다.

천문동에 오르며 그들이 토가족에 무슨 짓을 했는지 떠오른 것이다.

'다섯이나 살아남았네. 하필이면……'

풍월은 시위라도 하듯 양산웅과 어깨를 나란히 하고 있는 승룡검파의 무인들을 보며 입술을 살짝 깨물었다. 상황이 영 좋지 않았다.

"왜 대답이 없지? 확실하냐고 물었다."

양산웅이 목청을 높이자 세 명의 사내가 풍월의 곁으로 다가왔다.

"목소리 좀 낮추지, 영감. 웅웅 울리는 것이 귀가 아플 정도잖아."

흑귀대 삼조장 후연이 귀를 후비며 말했다.

영감이란 말에 발끈했지만 양산웅은 함부로 움직이진 않았다. 다른 곳도 아니고 패천마궁의 흑귀대였다.

"말을 함부로 하는군."

양산응이 불쾌한 감정을 드러냈지만 후연은 콧방귀도 뀌지 않았다.

"함부로 하는 건 영감 아냐? 이제 겨우 정신을 차린 환자한테 뭐 하자는 수작인데?"

후연이 강경한 어조로 풍월을 두둔하자 분위기가 급격하게 냉랭해졌다.

"수작? 지금 수작이라 했나?"

양산응의 눈매가 매서워지고 전신에서 날카로운 기세가 뿜어져 나왔다. 그와 동시에 주변에 있던 자들의 어깨가 들썩이는 것이 여차하면 칼부림이라도 할 기세였다.

풍월은 양측의 대치를 보며 내심 입맛이 썼다.

생존자는 자신을 제외하고 정확히 스물한 명이다. 그중에서 정무련 측의 인원은 열여섯이나 되었고, 패천마궁 측의 인원은 고작 다섯에 불과했다. 만약 충돌을 한다면 일방적인 싸움이 될 터였다.

'그걸 아니까 저리 진상을 떠는 것이겠고.'

양산응을 힐끗 바라본 풍월이 애써 웃음을 지으며 말했다.

"다들 진정하시지요. 별일도 아닌 것을 가지고 각을 세울 필요는 없다고 봅니다만."

별일도 아니라는 풍월의 말에 양산웅의 미간에 패인 주름이 더욱 깊어졌다.

"목숨이 걸린 상황에······."

풍월은 양산웅이 폭발하기 직전에 그의 말을 끊었다.

"살 방법이 있냐고 물었습니까? 예, 있습니다. 동굴을 빠져나갈 방법이 있다는 것이 정확하겠군요."

"그, 그게 사실인가?"

양산웅이 잔뜩 긴장한 얼굴로 물었다. 언제 화를 냈느냐는 듯 말투도 제법 정중해졌다.

"사실입니다. 천마동부에는 막혀 버린 입구 말고 다른 통로가 존재합니다."

"이곳에 진정 다른 통로가 있다는 말씀입니까?"

당하곤이 추망우에게 당한 이후, 당가를 이끌고 있는 당호가 고개를 갸웃거리며 물었다.

"예, 확실합니다."

"이상하군요. 그토록 철저하게 조사를 했는데 어째서 발견되지 않은 것일까요? 아니, 그보다는 풍 공자께선 다른 통로가 있는 것을 알면서 지금껏 침묵한 거죠? 혹······."

당호의 의문은 주변 사람들의 마음에 파문을 일으켰다.

모두가 의혹에 찬 눈빛으로 풍월을 응시했다. 심지어 풍월을 두둔했던 흑연과 패천마궁 측의 무인들도 의심스러운 눈길로 풍월을 바라보았다.

"흠, 이거 꽤나 불쾌한 시선이군요. 다들 내가 일부러 다른 통로가 있는 것을 감췄다고 생각하는 모양입니다."

"아닙니까?"

당호가 직설적으로 되물었다.

"아닙니다. 아니, 굳이 말할 필요도 없겠네요. 확인해 보면 될 테니까."

냉소를 지은 풍월이 유연청을 향해 고개를 돌렸다. 그는 여전히 풍월을 부축한 상태였다.

"입구에서 오른쪽으로 세 번째 별실 보이지?"

유연청이 풍월이 말한 동굴을 확인하고 고개를 끄덕였다.

"예."

"가서 살펴봐. 거기에 또 다른 통로가 있다고 했으니까."

하지만 유연청이 움직이기도 전, 당호의 눈짓을 받은 당가와 승룡검파의 무인이 풍월이 가리킨 동굴을 향해 번개처럼 내달렸다.

"쥐새끼 같은 놈들이!"

후연의 입에서 욕설이 터져 나옴과 동시에 그의 곁에 있던 수하들이 곧바로 몸을 날렸다.

"제가 갈 필요가 없겠는데요."

유연청이 어깨를 으쓱거리며 말하자 풍월이 실소를 지었다.

"그러게. 목숨이 귀하긴 한가 보다. 통로라는 말에 저리 난리를 피우는 걸 보면."

풍월의 말에 아직 자리를 뜨지 않고 있던 이들의 낯빛이 살짝 붉어졌다.

저리 서두르는 이유가 단순히 통로를 확인하고자 하는 것이 아님을, 혹여 있을지 모르는 무공 비급이나 병장기를 선점하기 위함이라는 것은 풍월도 알고 그들 역시 알고 있었다.

"어쨌든 한번 가보자."

풍월이 유연청의 어깨에 몸을 기대어 왔다.

유연청이 풍월이 보다 편하게 걸음을 내디딜 수 있도록 자세를 바로잡을 때 실수인 듯 몸을 휘청거린 풍월이 그의 귓가에 입술을 밀착했다.

깜짝 놀란 유연청이 몸을 떼려할 때 풍월이 그의 팔을 잡고는 속삭이듯 말했다.

"혹시 모르니까 말해두는데 통로는 두 개다. 왼쪽 방향으로 네 번째 별실. 그러니까 저들이 통로를 어찌 찾는지 잘 봐둬."

빠르게 말을 마친 풍월이 유연청과 거리를 벌렸다.

"괜찮으세요?"

풍월은 유연청의 바로 뒤에 서 있는 당령을 보곤 흠칫 놀랐다.

"아, 괜찮습니다. 순간적으로 어지러워서 넘어질 뻔했네요."

풍월은 민망한 웃음과 함께 왠지 어리바리하고 있는 유연청의 어깨에 손을 올렸다.

"뭐 해? 빨리 가자. 방금 말했듯이 제갈 가주님의 말씀이 맞는지 나도 확인을 좀 해야겠으니까."

유연청이 갑자기 무슨 소리를 하느냐는 눈빛을 보낼 때 당령이 슬며시 다가와 풍월의 한쪽 팔을 잡았다.

"아무래도 힘에 부치는 모양이네요. 제가 도울게요."

말릴 사이도 없이 부축에 성공한 당령이 활짝 웃으며 말했다.

"그런데 제갈 가주께서 새로운 통로를 가르쳐 주신 건가요?"

"예, 이곳을 나가기 직전에 말씀해 주셨습니다."

"그랬군요. 한데 제갈 가주께선 어째서 비밀로 하신 걸까요?"

당령이 고개를 갸웃거리며 물었다. 누가 보더라도 다른 의도가 담기지 않은, 그저 순수한 의문을 지닌 표정이었다.

"처음부터 알고 계신 건 아니었다고 합니다. 군산에서 밝혔다시피 천마도를 완벽하게 해석하지는 못하셨으니까요. 다만 이곳에 직접 오시고는……."

"아, 그때 못 하신 해석을 하신 거군요."

"맞습니다. 그렇게 해서 또 다른 통로도 찾아내신 거고요."

"천운이네요. 제갈 가주께서 해석을 하지 못하셨다면 우리 모두는 이곳에서 뼈를 묻었을 테니까요."

상상만으로도 끔찍한지 당령이 살짝 몸을 떨었다. 그 부드러운 떨림을 고스란히 느낀 풍월이 어색한 웃음을 터뜨렸다.

"하하! 그랬다면 제가 이곳으로 오자는 말을 하지 않았겠지요."

"호호호! 그건 또 그렇네요."

당령이 살포시 입을 가리며 웃음 지었다.

당령의 웃음이 그칠 즈음 일행도 세 번째 동굴에 도착했다.

동굴은 그다지 크지 않았다.

각종 무공 비급, 병장기와 금은보화가 있던 다른 동굴과는 달리 제대로 정비가 되지 않은 상태였다. 천장에선 물이 뚝뚝 떨어지고 벽면 곳곳에는 이끼가, 바닥엔 다른 동굴을 정비하기 위한 재료들이 어지럽게 널려 있었다.

"꽤나 지저분하네요."

풍월의 말에 당령이 고개를 저었다.

"원래 이 정도까지는 아니었어요. 온갖 사람들이 뭐라도 찾겠다고 들쑤시는 바람에 이리 된 거지요."

풍월이 고개를 돌려 바라보자 당령이 민망한 웃음을 흘리며 말했다.

"온갖 사람들엔 물론 당가도 포함되어 있고요."

"뭐라도 찾긴 했습니까?"

"전혀요. 보시다시피 이곳은 딱히 물건을 보관하는 곳이라기보다는 잡다한 물건을 두는, 그저 창고 같은 곳이었어요. 그래도 면밀하게 조사는 했지요. 딱히 이상한 점은 찾지 못했지만."

대화를 나누는 사이에도 조사는 계속됐다.

하지만 시간이 흘러도 통로에 대한 단서는 찾지 못했다.

답답함을 느낀 이들이 풍월에게 통로를 찾는 방법이 있는지 몇 번이나 물어봤지만 풍월 역시 모르기는 마찬가지였다. 제갈중이 통로가 있을 것이라 말을 해줬을 뿐 정확히 어떻게 찾는지는 알려주지 않았기 때문이다.

결국 동굴 안에 있는 잡다한 물건을 모조리 꺼내기로 결정했다. 이십에 가까운 장정들이 전력을 다해 일을 하자 그토록 지저분했던 동굴이 순식간에 정리가 되었다.

유연청은 풍월을 거의 당령에게 맡기다시피 하고는 풍월의 당부대로 어떻게 하면 통로를 찾을 수 있는지 면밀하게 살폈다.

동굴을 깨끗하게 치운 후 다시금 조사를 한 지 이각여, 양산웅의 장자 양천이 마침내 실마리를 찾아냈다.

"찾았다."

양천이 벽에 붙은 이끼를 뜯어내며 소리쳤다.

사람들이 우르르 몰리는 사이, 정신없이 이끼를 뜯어낸 양천은 한참이나 벽을 더듬었다. 그러고는 갑자기 움직임을 멈추더니 뭔가를 잡아당겼다.

둔탁한 마찰음과 함께 벽 전체가 움직이는가 싶더니 한 사람이 겨우 지나갈 정도의 틈이 생겼다.

양천이 틈으로 들어가려 하자 양산웅이 그의 팔을 잡더니 뒤에 있던 제자에게 말했다.

"유총."

"예, 사부님."

"네가 살펴보거라."

혹시 모를 위험에서 아들을 보호하려는 뻔한 수작이었지만 유총은 조금도 불만을 갖지 않았다.

당연했다.

사제 양천은 사부의 대를 이어 승룡검파를 책임져야 하는 막중한 책무를 지니고 있었기 때문이다.

유총은 횃불 하나를 들고 주저 없이 어둠 속으로 뛰어들었다.

후연도 수하를 틈으로 들여보내려 하였으나 양산웅의 격렬한 반대와 그를 지지하는 당가의 압력으로 어쩔 수 없이 물러설 수밖에 없었다.

얼마의 시간이 흘렀을까?

사람들의 초조감이 극에 이르렀을 즈음 희미했던 불빛이 조금씩 밝아지는 것과 동시에 어둠 속으로 사라졌던 유총이 지친 모습으로 얼굴을 내밀었다.

　"이곳을 빠져나가는 통로가 있더냐?"

　양산웅이 미처 몸을 빼지도 못한 유총에게 물었다.

　"끝까지 가보지 않아서 단정을 할 수는 없지만 분명 길이 있었습니다."

　순간, 귀를 기울이고 있던 모두의 입에서 안도하는 탄식이 터져 나왔다.

　"다른 건, 그 외 다른 건 없었습니까, 사형?"

　양천이 힘들어하는 기색이 역력한 유총에게 팔을 내밀며 물었다.

　잠시 멈칫한 유총이 조용히 말했다.

　"있었다."

　동굴에 일시적인 침묵이 찾아들었다.

　모두의 시선이 유총에게, 정확히는 유총의 손에 들린 조그만 철궤로 향했다.

　"이곳에서 대략 이십여 장 떨어진 곳에 백골로 변한 시신이 있었습니다. 그 시신의 곁에 떨어져 있던 것입니다."

　"다른 것은 없더냐?"

　양산웅의 물음에 유총은 고개를 저었다.

"시신은 오직 한 구뿐이었고, 찾은 물건도 이것뿐이었습니다."

유총이 철궤를 양산웅에게 내밀었다.

철궤를 받으려던 양산웅은 따가운 주변의 시선을 의식하곤 손을 거둬들였다.

"좁아터진 곳에서 이럴 게 아니라 일단 넓은 곳으로 나갑시다. 너도 따라오너라."

양산웅은 다른 이들의 대답도 기다리지 않고 몸을 돌렸다. 유총이 조심스러운 걸음으로 그의 뒤를 따르자 바싹 긴장하고 있던 다른 이들 역시 허겁지겁 움직일 수밖에 없었다.

"전 천천히 가겠습니다."

풍월은 당령의 부축을 거절하고 유연청과 함께 뒤로 처졌다. 잠시 고민하던 당령은 미안한 표정으로 양해를 구하곤 바삐 걸음을 옮겼다.

"아까 내가 한 말 기억하지?"

풍월이 당령에게 시선을 고정시킨 채 조용히 물었다.

"예."

"이거 느낌이 영 좋지 않아. 패천마궁 측의 숫자가 너무 적단 말이지. 여차하면……."

풍월이 입을 다물었다.

살짝 열린 벽을 다시 처음 상태로 돌려놓은 양천이 어느새 그들 곁을 지나치고 있었기 때문이다.

양천이 지나간 후, 풍월이 말을 이었다.

"여차하면 도망쳐라. 아까 어떻게 열었는지 확인은 했지?"

"대충은요."

"같은 방식이 아니면 문제인데. 흠, 설마 다르진 않겠지. 차라리 지금 바로 도망을 치는 것이… 어림없겠네."

풍월이 자신들을 바라보는 몇몇 사람들의 시선을 확인하곤 쓴웃음을 지었다.

"저야 도망치면 그만이지만 풍 형은 어떻게 합니까?"

유연청이 불안한 얼굴로 묻자 풍월이 피식 웃었다.

"쓸데없는 걱정은 하지 말고. 넌 녹림에 적을 두고 있지만 난 양쪽에 발을 걸치고 있어 괜찮아. 그리고 잊었나 본데 개방의 후개가 내 의형이다."

풍월이 큰소리를 쳤지만 유연청은 아무런 대꾸도 하지 않았다.

풍월과 유연청이 도착하면서 모든 사람들이 다시 한자리에 모였을 때 양산응이 갑자기 당호를 불렀다.

"당 공자."

"예, 문주님."

"우리의 약속은 아직 유효한 것이오?"

순간적으로 멈칫한 당호가 이내 환한 웃음을 지으며 말했다.

"물론입니다."

제48장

발견(發見)

양산응과 당호가 서로 호응하며 웃음을 짓자 후연과 패천마궁의 무인들은 긴장감을 감추지 못했다. 심지어 같은 정무련 측에 속한 무인들도 비슷한 반응을 보였다.

"왜 갑자기 그런 말을 하는 것이오?"

조금 전만 해도 영감 운운하던 후연의 말투가 어느새 정중해졌다.

양산응이 너털웃음을 흘리며 말했다.

"다들 쓸데없는 상상을 하는 것 같은데 걱정하지 마시오. 그렇게까지 큰 욕심을 부릴 생각은 없으니까."

양산웅의 부인은 오히려 꼭 그렇게 하겠다는 것처럼 들려왔다.

"하지만 누가 뭐라 해도 철궤를 가장 먼저 발견한 사람은 우리요. 챙길 것은 분명 챙길 것이오. 물론 천문산에 오르는 순간부터 운명을 함께하기로 한 당가와 함께."

양산웅의 선언에 흡족한 미소를 지은 당호가 식솔들에게 눈짓을 보냈다.

당호의 명을 받은 당가의 식솔들이 승룡금파의 무인들과 함께 철궤 주변을 에워싸며 흉흉한 기세를 드러냈다. 특히 패천마궁 측을 향해선 노골적인 적의를 드러냈다.

"해보자는 건가?"

후연이 무기를 꼬나들며 소리쳤다.

"마음대로."

당호가 비웃음을 흘리자 참지 못한 후연이 그를 향해 살기를 폭사시켰다.

"까불지 마라, 애송아."

지옥 같은 훈련을 이겨내고 흑귀대원이 된 지 벌써 십오 년. 어지간한 이들은 상상도 할 수 없는 경험을 쌓아온 후연은 전력이 부족하다고 겁을 먹거나 물러서는 이가 아니었다.

숨소리만 잘못 내뱉어도 당장 칼부림이 벌어질 것 같은 급박한 상황, 어쩔 수 없이 풍월이 끼어들었다.

"일단 뭐가 들었는지 확인이나 해보죠. 다들 뭔가를 확신하고 있는 모양인데 막말로 동전 몇 개뿐이라면 그땐 서로의 얼굴을 어찌 보려고 이 난리랍니까?"

풍월이 입을 열자 기다렸다는 듯 당령이 힘을 보탰다.

"그래요, 일단 확인을 해보죠."

"같은 생각이오, 당 공자. 우선 철궤를 열어봅시다."

당령에 이어 양산웅까지 고개를 끄덕이자 당호가 후연에게서 시선을 돌렸다. 패천마궁의 무인들도 풍월의 고갯짓을 보고는 한 걸음 물러나며 살기를 거두었다.

금방이라도 폭발할 것 같았던 분위기가 다소 가라앉자 양산웅이 철궤를 향해 손을 뻗었다.

오랜 시간 버려져 있어서 그런지 잔뜩 녹이 슨 철궤는 잘 열리지 않았다.

양산웅은 철궤에 억지로 힘을 주거나 과하게 충격을 주지 않으려고 노력했다. 혹여라도 안에 있는 뭔가에 안 좋은 영향을 줄 수도 있기 때문이었다.

양산웅은 양천이 건넨 단검으로 한참 동안이나 녹을 긁어낸 후에야 비로소 철궤를 열 수 있었다.

철궤가 열리는 순간, 다들 숨조차 쉬지 못하고 첼궤를 주시했다.

내심 말을 아끼고 있었지만 그들 모두는 철궤가 천마와 깊은 연관이 있을 것이라 생각했다.

천마의 무덤이라는 천마동부에서 정작 천마와 관련된 것은 아무것도 발견되지 않았다.

제대로 정리되지 못한 천마동부의 내부와 주변 곳곳에 널브러진 시신들. 상황을 유추해 보건대 세상에 알려지지 않은 변고가 있었던 것이 틀림없었다.

한데 아무도 눈치채지 못한 은밀한 장소에서 시신과 철궤가 발견되었으니 천마와 연관이 있다고 생각할 수밖에 없는 것이다.

양산옹이 떨리는 손으로 철궤 안에 들어 있는 물건을 꺼냈다.

그의 손에 가장 먼저 들린 것은 노리개였다.

매듭과 수실은 낡을 대로 낡아 손을 대자마자 먼지가 되어 흩어졌지만 주체가 되는 곤옥(崑玉)은 오랜 세월이 지났음에도 눈이 부실 정도로 영롱한 빛을 뿜어냈다.

"예사치 않은 물건 같습니다."

양천이 보면 볼수록 사람을 끌어당기는 곤옥을 보며 침을 꿀꺽 삼켰다.

"만년곤옥(萬年崑玉) 같네요. 잠시 살펴봐도 될까요?"

"물론이오."

당령이 양산옹의 양해를 받고 곤옥을 찬찬히 살펴보다 상기된 얼굴로 말했다.

"만년곤옥이 틀림없어요. 이 귀한 것을 여기서 보게 되는군요."

"그렇게 귀한 것입니까?"

양천의 물음에 당령만큼이나 흥분한 당호가 목소리를 높였다.

"물론입니다. 만년곤옥은 기본적으로 한서불침의 기운이 있지요. 몸에 지니고 있으면 더위와 추위를 느끼지 못하는 것은 물론이고 평생 동안 큰 병 없이 무병장수를 할 수 있다는 말도 있습니다. 하지만 가장 중요한 것은 만년곤옥을 재료로 암기를 만들었을 때, 그 어떤 호신강기도 무력화시킬 수 있는 무시무시한 암기가 탄생한다는 겁니다. 삼대금용암기만큼은 아니나 본가가 자랑하는 십대암기 중 하나가……."

"오라버니."

당령이 당호의 팔을 잡아챘다.

당령의 차가운 음성에 아차 싶었던 당호가 얼른 말을 돌렸다.

"아무튼 암기를 만들 수 있는 재료로서도 최고라 생각하시면 됩니다. 속된 말로 같은 무게의 금보다 최소한 천배는 더 비쌀 테니까요. 그럼에도 불구하고 구할 수가 없다는 것이 문제지만."

당호의 말에 다들 놀란 눈으로 곤옥을 살폈다.

금보다 천배가 더 비싸다면 대체 얼마의 가치가 있는지 가늠이 되질 않았다.

당령이 손수건을 꺼내 곤옥을 조심스레 감싸더니 양산웅에게 다시 건네줬다.

곤옥을 받아든 양산웅의 표정은 편하지 못했다. 당령의 눈빛이 집요할 정도로 곤옥에게서 떨어지지 않고 있었다.

'우선은 이것부터 안겨주는 것이 좋겠군.'

그것이 차후에 당가와의 협상에서 유리한 위치를 잡을 수 있다고 판단한 양산웅이 곤옥을 다시 당령에게 건넸다.

"우선은 당 소저가 보관을 해주시오."

"제가… 요?"

"부탁하오."

얼떨결에 곤옥을 받아든 당령이 곤란한 표정을 지을 때 당호가 그녀를 향해 눈을 찡긋거렸다.

"그럼 잠시만 맡아두겠습니다."

당령이 곤옥을 소중히 갈무리하자 양산웅이 철궤에 있던 나머지 물건을 꺼내 들었다.

사람들의 시선이 일제히 그의 손에 들린 물건에 쏠렸다.

양산웅의 손에는 한 권의 책과 주먹만 한 옥함이 들려 있었다.

"무, 무공 비급입니까?"

당호가 떨리는 음성으로 물었다.

"그, 그건 확인을 해봐야겠소."

양산옹 역시 떨리는 음성으로 대꾸한 후 책을 살폈다.

세월을 뛰어넘어 여전히 찬란한 빛을 뿜내는 만년곤옥과는 달리 책자에선 세월의 흔적을 느낄 수 있었다.

양피지로 만들어진 겉장은 딱딱하게 굳고 낡아 손길이 닿는 대로 잘게 부서져 내려 양산옹의 이마에서 식은땀이 흐르게 만들었다.

미간을 잔뜩 찌푸리며 책자에 얼굴을 가져다댄 양산옹이 희미한 흔적만 겨우 남아 있는 제목을 힘겹게 읽어 내려갔다.

"무형… 만… 독… 공?"

고개를 쳐든 양산옹이 주위를 돌아보며 물었다.

"혹, 무형만독공이라는 무공이 뭔지 알고 있소?"

순간, 정확히 두 사람이 경기하듯 몸을 떨었다.

한 명은 패천마궁 생존자 중 묵영단에 속한 손걸이었고, 다른 한 사람은 만년곤옥을 신줏단지 모시듯 품고 있는 당령이었다.

무형만독공이 지닌 파급력을 알기에 자신의 감정을 필사적으로 감추며 말을 아끼는 당령과는 달리 손걸은 곧바로 반응했다.

"마, 만독마존(萬毒魔尊)의 무공입니다."

"만독마존? 그게 사실이냐?"

후연이 기겁하며 되물었다.

"틀림없습니다. 만독마존의 무공이 틀림없습니다."

손걸의 호들갑을 떨 때 풍월이 당령을 향해 물었다.

"만독마존의 무공이 맞습니까?"

무형만독공이란 이름을 들을 때 당령의 눈빛이며 표정이 순간적으로 변하는 것을 놓치지 않은 풍월은 그녀가 무형만독공을 알고 있다고 판단했다.

"그걸 왜 제게 묻는 거죠?"

당령이 차갑게 되물었다.

지금껏 온화한 모습만 보여주던 그녀의 갑작스러운 변화에 풍월이 살짝 놀라는 표정을 짓자 흠칫한 당령이 어색한 웃음을 지으며 변명하듯 말했다.

"미안해요. 워낙 놀라는 바람에."

"괜찮습니다. 그런데 놀라셨다는 말을 들으니 당 소저께선 알고 계시는 것 같습니다."

풍월이 재차 물었다.

"그녀를 모를 수가 없지요. 만독방이란 이름을 세상에 알린 인물이니까요."

만독방이란 이름에 풍월이 탄성을 내뱉었다.

독을 거론할 때 당가와 함께 늘 거론되는 곳이 바로 만독방이다. 그런 만독방을 세상에 알린 인물이었으니 당가의 입장에서 모를 수가 없는 것이다.

"그런데 방금 그녀라고 하였습니까? 설마 만독마존이 여자라는 말인가요?"

"맞아요. 그래서 만독마존이란 이름보다는 독후(毒后)라 불리지요."

"아!"

당령의 대답에 풍월의 입에서 또 한 번 탄성이 터졌다.

언젠가 할아버지들께 독후에 관해 들은 적이 있었다.

무림사, 독에 관한한 독보적인 위치를 구축한 당가를 능가했던 유일무이한 인물이라고.

풍월과 당령이 조용히 대화를 나누고 있을 때 어느새 흥분을 가라앉힌 후연이 얼음처럼 차가워진 얼굴로 물었다.

"나머지는 무엇이오?"

철궤에 든 것이 내심 천마 조사의 유품은 아닐까 기대를 하고 있었기에 약간의 실망은 하였으나 그래도 팔대마존의 무공이 아니던가. 반드시 회수해야 하는 마도의, 아니, 패천마궁의 무공을 앞에 두고 후연은 최대한 냉정함을 유지하려고 애썼다.

"기다려라."

그렇잖아도 옥함을 만지작거리고 있던 양산웅이 주저 없이 옥함을 열어 금박에 싸인 단환을 하나 꺼내 들었다.

옥함에서 피어오른 향기가 주변을 부드럽게 휘감았다. 그 향이 어찌나 향기롭고 진한지 거대한 동공을 가득 채울 정도였다.

양산웅의 얼굴이 탐욕스럽게 변했다.

만독마존이 만들어낸 영단이 틀림없었다. 정신을 아득하게 만들 정도로 아름다운 향기는 난생 처음 맡아보는 것. 약성이 얼마나 뛰어날지 상상조차 되지 않았다.

향기에 취했지만 양산웅의 두뇌는 그 순간에도 빠르게 회전하고 있었다.

'어차피 독공은 우리에겐 무용지물이다. 하지만 영단은 다르지.'

양산웅의 시선이 양천에게 향했다.

자신의 핏줄이라서가 아니라 정말 뛰어난 재목이다. 그리고 만독마존이 남긴 영단은 그런 양천에게 마음껏 비상할 수 있도록 날개를 달아줄 것이다.

"당 공자, 만년곤옥과 무공 비급은 당가에 양보하겠소. 대신 영단은 우리가 취하려 하는데 어떻소?"

갑작스럽긴 해도 당가의 입장에서 더 이상 좋을 수 없는 제안이다. 당호가 양산웅을 향해 즉시 허리를 숙였다.

"문주님의 배려에 어떻게 감사를 드려야 할지 모르겠습니다. 하지만 한 가지 걱정이 되는군요."

"뭐가 말이오?"

당가가 영단까지 욕심을 내는 것은 아닌가 하는 생각에 양산웅의 표정이 대번에 굳었다.

"다른 사람도 아니고 만독마존이 만든 영단입니다. 독일지 약일지는 확인을 해봐야 하지 않겠습니까?"

"이렇게 아름다운 향기가······."

"원래가 독을 품고 있는 것이 더 아름답고 향기로운 법입니다."

당호가 영단을 향해 손을 뻗었다.

양산웅의 몸이 움찔했지만 딱히 제지를 하지는 않았다.

당호가 영단을 손톱으로 살짝 긁어 맛을 보았다.

지그시 눈을 감고 입안을 타고 도는 향기와 맛을 음미하던 당호가 눈을 뜨곤 말했다.

"향기는 모두의 눈과 코를 속일 수 있을 정도로 아름다우나 이 영단은 엄청난 독을 지녔습니다. 아니, 영단 자체가 독이라고 해야겠군요. 제대로 된 독공을 지니지 못한 채 복용을 하면 반드시 죽을 것입니다."

당호의 단언에 양산웅의 전신이 파르르 떨렸다.

당장에라도 헛소리 하지 말라고 외치고 싶었으나 차마 입을 열지 못했다. 그런 양산응의 마음을 간파한 것인지 당호가 영단을 살짝 긁어 양산응의 손바닥에 올려놓았다.

"이 정도의 양이면 크게 문제는 없을 것입니다. 서로에게 믿음을 주기 위해서라도 문주께서 직접 확인을 해보시는 것도 나쁘지는 않다고 봅니다."

잠시 고민을 하던 양산응이 영단의 가루를 입에 털어 넣었다.

잠시 후, 양산응은 당호가 거짓말을 한 것이 아님을 확실하게 깨달을 수가 있었다.

먼지처럼 적은 양이 입에 들어간 것임에도 입안이 타는 듯했고 순간적으로 머리가 핑 도는 것이 정신을 차릴 수가 없었다. 워낙에 소량인 데다가 재빨리 뱉어냈기에 당호의 말대로 큰 문제는 없었다.

"이제 제 말을 믿으시겠습니까?"

"당 공자의 말을 믿지 못해서는 아니었소."

양산응이 겸연쩍은 표정으로 변명을 했다.

"충분히 이해합니다. 그리고 당가의 후계자로서 약속을 드리지요. 이곳을 나가는 즉시 문주께서 당가에게 양보한 것 이상으로 반드시 보답할 것입니다. 물론 여러분들께도 마찬가지입니다."

당호가 정무련 측의 무인들을 돌아보며 말했다.

웃음과 함께 정중히 말은 하고 있었지만 속내를 들여다보면 그가 말하는 요지는 간단했다. 행여나 넘보지 말라는 것이었다.

"누구 마음대로! 네놈이 본궁의 무공을 가져가는 것을 우리가 지켜만 볼 것 같으냐?"

전력의 열세로 인해 어쩔 수 없이 참고 있어야 했던 후연이 결국 이빨을 드러냈다.

패천마궁 측의 반발은 애당초 논외. 당호의 시선은 아직 아무런 대답도 하지 않고 있는 양산응에게 향해 있었다.

"당 공자의 제안을 받아들이겠소. 다만 한 가지 조건이 있소."

조건이란 말에 당호의 눈에서 섬뜩한 살기가 나타났다가 순식간에 사라졌다.

"조건이라시면……."

"저자를 내게 주시오."

양산응의 손이 그들과 조금 떨어진 곳, 조그만 바위에 홀로 걸터앉아 있는 풍월을 가리키고 있었다.

당호가 씨익 웃으며 말했다.

"마음대로 하십시오."

풍월은 양산응과 당호의 대화를 들으며 쓴웃음을 지었다.

만독마존의 무공과 그가 남긴 영단이 발견되었을 때 풍월은 양측이 충돌할 것임을 확신했다.

패천마궁이 팔대마존이 남긴 유품의 소유권을 주장할 것은 당연했고, 정무련은 그걸 순순히 들어줄 리가 없었다. 특히 한때 자신들을 누르고 명성을 떨친 만독마존의 무공을 발견한 당가는 절대로 포기하지 않을 것이 뻔했다.

해서 모두의 시선이 영단과 그 약효를 실험하는 당호에게 쏠려 있을 때 유연청을 뒤로 빼돌렸다. 몇 번이나 망설이던 그에게 자신은 절대로 안전하니 걱정하지 말라는 말과 함께.

하지만 승룡검파를 간과한 것이 실수였다. 설마하니 이런 결정적인 순간에 복수를 하리라고는 전혀 예상을 하지 못했다. 너무도 쉽게 이어지는 당가의 허락 또한.

풍월의 시선이 때마침 당호의 곁에 있던 당령과 마주쳤다.

당하곤이 목숨을 잃은 지금, 당가에서 그나마 호감이 있는 그녀였지만 딱히 기대는 하지 않았다.

만독마존의 무공이 발견되었을 때 보여주었던 그녀의 차가운 눈길이야말로 어쩌면 아름답고 온화한 얼굴 뒤에 감추고 있던 본모습일 수도 있다는 생각을 했기 때문이었다.

풍월은 자신을 바라보는 당령의 눈빛에서 자신의 예상이 정확했음을 느꼈다.

미안함, 혹은 안타까움도 없었다. 그녀는 별다른 감정이 느껴지지 않는 차가운 눈으로 자신을 응시할 뿐이었다.

그때, 무심하던 당령의 낯빛이 흔들렸다.

풍월 앞으로 달려온 당령이 주변을 빠르게 살피며 물었다.

"유연청, 그자는 어디에 있죠?"

"어디에 있기는… 어? 그러네. 언제 사라졌지?"

풍월이 무슨 헛소리를 하느냐는 듯 고개를 좌우로 돌리더니 되레 큰소리를 쳤다.

"이런 빌어먹을! 제 놈만 살겠다고 도망쳤구나!"

의도가 뻔히 보이는 풍월의 말과 행동에 당령이 입술을 질끈 깨물었다.

"새로운 통로요. 당장 확인하세요."

당령이 양산웅을 향해 소리치자 곧바로 승룡검파의 무인 하나가 새롭게 발견된 통로로 뛰어갔다.

"아까 따로 얘기를 나누던 것 같던데 아닌가요?"

"무슨 얘기를 하는 것인지 모르겠네요."

풍월이 여전히 딴청을 피우자 당령의 표정이 표독하게 변했다.

"장난칠 때가 아니에요. 그럴 기분도 아니고요."

당령이 이미 싸움이 벌어지고 있는 곳을 힐끗 살피며 말을 이었다.

"다시 묻지요. 살고 싶으면 제대로 대답을 해야 할 거예요. 그자는 어디로 갔죠?"

피식 웃은 풍월은 금방이라도 손을 쓸 기세를 하고 있는 양산웅을 가리키며 되물었다.

"재밌네요. 당신 오라비라는 사람은 나를 저 영감에게 넘겼는데 무슨 수로 살려준다는 겁니까?"

"약속하죠. 살려주겠어요."

"당 소저!"

양산웅이 무슨 소리를 하는 것이냐며 목소리를 높였지만 그녀는 신경 쓰지 않았다.

"유연청은 어디로 갔지요? 다른 통로가 있는 건가요?"

유연청이 사라진 것을 확인했을 때부터 또 다른 통로가 있을 것이란 추측을 하고 있던 당령은 무척이나 초조해 보였다. 다른 통로라는 말에 양산웅도 깜짝 놀라는 얼굴이었다.

"대체 무슨 말을 하는 겁니까? 아까 그 통로도 겨우 알아낸 겁니다. 쓸데없는 소리는 하지 말고……."

풍월은 끝까지 말을 잇지 못하고 양산웅의 명을 받고 사방으로 흩어지는 승룡검파의 무인들을 바라보았다.

그들이 별실처럼 사용되는 동굴, 특히 유연청이 향한 동굴까지 확인하는 것을 보곤 내심 당황했다.

'아직 통로를 열지 못한 것은 아니겠지?'

초조했다. 그래도 겉으로는 태연한 신색을 유지했다.

당령은 풍월이 어떤 반응을 하는지 놓치지 않기 위해 유심히 그를 살폈지만 별다른 소득은 없었다.

잠시 후, 수색을 나갔던 수하들이 허탕을 치고 돌아오자 양산웅은 실망하는 표정으로 당령을 바라보았다.

"딱히 다른 통로는 없는 것 같소."

"하면 그는 어디에 있는 거죠?"

당령은 여전히 다른 통로가 있다고 믿는 듯했다.

"횃불 몇 개로 모든 곳을 밝히기엔 무리가 있을 터. 쥐새끼 처럼 숨어 있겠지. 하지만 싸움이 끝나고 제대로 수색을 한다 면 찾은 것은 시간문제일 것이오. 쥐새끼 한 마리를 찾는 것 보다는 저쪽을 신경 쓰는 게 더 나을 것 같소만. 꽤나 고전하 는구려."

양산웅의 말에 당령이 치열한 싸움이 한창 펼쳐지고 있는 곳을 향해 고개를 돌렸다.

아닌 게 아니라 수적인 우위에도 불구하고 전황이 그리 밝 지 못했다.

당가에 승룡검파를 제외한 다른 이들까지 손을 보탰음에도 쉽게 승기를 잡지 못했다.

싸움이 벌어지자마자 가장 먼저 손걸이 목숨을 잃었지만 애당초 묵영단원인 그의 실력은 나머지 사람들에 비할 바는 아니었다.

끝까지 살아남은 세 명의 흑귀대원.

조장 후연을 중심으로 똘똘 뭉친 그들의 악과 깡, 처절한 생존경쟁에서 살아남은 탄탄한 실력은 쉽게 무너지지 않았다.

특히 후연은 당가의 후계자라는 당호와 일대일로 싸우면서도 크게 밀리지 않았다. 물론 폐쇄된 공간과 장소의 협소함 때문에 당호가 자신의 주특기라 할 수 있는 독공을 가급적 자제하고 있기 때문이기도 했지만 그만큼 후연의 실력이 뛰어난 것이라 할 수 있었다.

다른 두 대원 역시 포위 공격 속에서도 완벽한 협공으로 위기를 모면하고 있었다.

당령은 쓰러져 있는 다섯 구의 시신을 보며 인상을 찌푸렸다. 압도적인 전력의 우위에도 고작 한 명의 적을 쓰러뜨리는 데 네 명이나 당했다. 그중 한 명이 녹의를 입고 있는 것을 보곤 더욱 기가 막혔다.

당령의 시선이 후연을 몰아붙이고 있는 당호에게 향했다. 유리한 것은 틀림없지만 쉽게 끝날 싸움이 아니었다.

"병신 같은……."

당령의 고운 입에서 흘러나온 나직한 욕설에 양산응이 슬며시 고개를 돌리며 말했다.

"이자는 우리가 처리토록 하겠소."

당령이 풍월을 힐끗 바라보았다. 그러고는 한마디 말을 남기고 차갑게 돌아섰다.

"마음대로 하세요."

마지막 방해물까지 사라지자 양산웅은 먹잇감을 눈앞에 둔 맹수처럼 풍월을 향해 천천히 다가섰다.

"군자의 복수는 십 년이 걸려도 늦지 않다고 했다. 노부는 십 년이 아니라 그 이상이라도 기다릴 생각이었다. 그런데 십 년까지 기다릴 필요가 없어졌구나."

"군자가 다 죽었나 보네. 힘없는 사람들을 함부로 죽이던 작자들이."

풍월이 코웃음을 치며 이죽거렸다.

"닥쳐랏!"

양천이 풍월에게 향한 검을 금방이라도 휘두를 듯 위협하며 소리쳤다.

"신경 쓰지 말거라. 궁지에 몰린 쥐가 고통 없이 빨리 죽여 달라 보채는 것이니까."

흥분한 양천의 어깨를 가볍게 두드리며 그를 진정시킨 양산웅이 풍월을 보며 히죽 웃었다.

"물론 그럴 생각은 추호도 없지만."

풍월은 곱게 죽이지 않겠다는 양산웅의 말을 들으면서도 별다른 반응을 보이지 않았다. 오히려 냉정하게 현재 상황을 분석하고 있었다.

'사용할 수 있는 내력은 평소의 사 할, 아니, 삼 할이려나.

그 정도 내력이라면 잠깐은 비벼볼 수 있으려나……'

아무도 모르게 필사적으로 운기조식을 하며 대략 삼, 사 할 정도의 내력을 회복시켰다. 하지만 육체적으로 정상의 몸이 아니었기에 실제로 발휘할 수 있는 힘은 그보다 훨씬 적을 터였다.

'어쨌거나 내가 살 길은 그것뿐이니 시도는 해봐야겠지.'

결정을 내린 풍월이 묵운을 손에 움켜쥐었다.

제대로 내력을 사용하지 못하는 상황에서 풍뢰도법보다는 상대적으로 내력 소모가 적은 화산의 무공을 사용하는 것이 낫다는 판단에서였다.

풍월이 묵운을 곧추세우며 전의를 불태우자 양산웅이 오히려 박수를 치며 좋아했다.

"그렇지. 그렇게 나와야지. 끝까지 발악을 해야 복수의 맛이 있지 않겠느냐? 크하하하하!"

한바탕 웃음을 터뜨린 양산웅이 양천에게 눈짓했다.

양천은 양산웅의 허락이 떨어지자마자 곧바로 몸을 날렸다.

풍월은 괴성과 함께 달려오는 양천을 보며 힘없이 뒷걸음질 쳤다. 누가 보더라도 겁을 먹고 꽁무니를 빼는 것처럼 보였으나 그것은 착각이었다. 그는 지금 한 가지 목적을 가지고 철저하게 계산적인 움직임을 보여주고 있었다.

한데 풍월의 계획은 시작부터 어긋나고 말았다.

양천을 향해 느닷없이 검 한 자루가 날아든 것이다.

상당히 빠르고 날카로운 공격이었지만 화평연의 비무대회에 대표로 나갔다가 목숨을 잃은 유자걸보다 한 수 위의 기량을 지닌 양천은 결코 만만한 고수가 아니었다.

풍월에게 향하던 몸의 방향을 급격히 틀면서도 하체는 조금도 흔들림이 없었다. 하체가 힘을 받쳐주니 이어지는 동작 또한 물 흐르듯 부드럽고 휘두르는 검에도 제대로 힘이 실렸다.

깡!

양천을 향해 날아오던 검이 힘없이 튕겨지고 그 튕겨지는 검을 낚아챈 자가 풍월의 곁으로 뛰어내렸다.

"괜찮습니까?"

유연청이 풍월의 앞을 막아서며 소리쳤다.

"야! 네가 왜 여기에 있어!"

풍월이 기가 막힌 표정을 지으며 소리쳤다.

지금 이 순간에 유연청이 나타난 것은 다 된 밥에 흙을 뿌리는 것이나 마찬가지였다.

하지만 유연청은 대답할 여유도 없었다.

쉬이익!

날카로운 파공성과 함께 양천의 검이 그의 목을 노리며 짓쳐들었기 때문이다.

유연청 역시 곧바로 반응을 하며 그와 정면충돌을 했다.

검과 검이 부딪치며 생겨난 화려한 불꽃이 어두운 동공을 화려하게 수놓았다.

잠시 물러났던 두 사람이 재차 돌진하려는 찰나, 양천이 갑자기 몸을 홱 틀었다.

하지만 늦었다.

어느새 파고든 풍월이 그의 옆구리에 뇌격권을 꽂아 넣었다.

"큭!"

양천이 외마디 비명과 함께 옆구리를 부여잡으며 물러났다.

"천아!"

깜짝 놀란 양산웅이 비틀거리는 양천을 향해 달려왔다.

"왜 돌아온 거야? 통로를 못 찾았어?"

"찾았습니다."

"그런데 왜?"

유연청은 당령의 공격에 비명을 지르며 쓰러지는 후연을 힐끗 바라보며 말했다.

"풍 형의 말대로 위험하지 않다는 말이 사실이었다면 그냥 가려 했습니다. 그런데……."

"젠장! 그래, 빌어먹을 승룡검파. 그건 나도 예상치 못했던 거다. 그래도 상관없었다. 나만의 계획이 있었거든."

"예?"

"나만의 계획. 고로 네가 여기에 올 필요는 없었다."

풍월이 깜짝 놀라는 유연청을 보며 한숨을 내쉬었다.

"한데 네가 오면서 모든 것이 꼬여 버렸다. 나도 그렇지만 너도."

풍월이 후연을 쓰러뜨린 뒤 천천히 걸어오는 당령을 턱짓으로 가리킨 뒤 은밀히 전음을 보냈다.

[내가 신호를 보내면 죽을힘을 다해 비밀 통로로 뛰어.]

[하, 하지만 그렇게 되면 풍 형은…….]

[시끄럽고. 다 계획이 있으니 하는 말이니까 잔말 말고 시키는 대로 해.]

[그럴 수는 없습니다. 이미 계획은 틀어졌다면서요. 기왕 이렇게 된 것 함께 싸우겠습니다.]

유연청의 태도는 단호했다.

[계집애가 무슨 고집이 그렇게 세. 제발 말 좀 들어라.]

유연청의 몸이 그대로 얼어붙었다.

[……]

[알아들은 줄 알겠다. 신호 주면 죽을힘을 다해 뛰어.]

[어떻… 게 알았습니까?]

[뭐를? 네가 여자라는 거?]

[예.]

[누굴 바보로 아나. 그런 어설픈 변장으로 언제까지 속일 수 있다고 생각한 건데?]

사실 바보였다.

얼마 전, 유연청의 정체를 간파한 형응이 가르쳐 주기 전까지는 전혀 몰랐으니까.

[아직까지 계획은 유효하니까 쓸데없는 걱정하지 말고 뛰어. 네가 머뭇거리면 둘 다 죽는다.]

[정말 계획이 있는 겁니까?]

답답함을 참지 못한 풍월이 버럭 소리를 질렀다.

"아, 몰라! 마음대로 해라. 같이 죽지 뭐."

말이 끝나기도 전, 양산응이 분기탱천한 얼굴로 검을 휘둘렀다.

풍월이 직접 부딪치지 않고 몸을 피하자 유연청이 얼떨결에 검을 치켜들었다.

쨍!

양산응의 힘을 감당하지 못한 유연청의 몸이 끊어진 연처럼 날아갔다.

바로 그때, 그녀의 곁으로 따라붙은 풍월이 팔을 잡아채더니 그녀의 귀에 속삭이듯 말했다.

"밖에서 보자. 그러니까 뛰라고."

그러고는 날아가던 탄력을 이용해 힘껏 던졌다.

순식간에 멀어지는 유연청. 어느새 다가온 당령이 순간적으로 풍월을 스쳐 지나가며 유연청의 뒤를 쫓았다.

그녀의 추격을 예상하고 있던 풍월은 지체하지 않고 묵운을 던졌다.

당령은 맹렬한 속도로 쫓아오는 묵운을 보곤 잠시 멈칫했지만 딱히 자신을 노린 것 같지 않기에 무시를 했다.

그것이 실수였다.

유연청이 동굴로 사라지는 것과 동시에 묵운이 동굴 입구 위를 강타했다.

비록 평소 힘의 삼, 사 할 정도에 불과하다지만 그 힘은 만만치 않았다. 적어도 동굴 입구를 부수기엔 부족함이 없었다. 물론 완파가 아니기에 시간이 지나면 금방 복구가 되겠지만 최소한 유연청이 무사히 빠져나갈 수 있는 시간은 벌 수 있을 터였다.

"무사해라."

조용히 읊조린 풍월이 무너진 동굴 앞에서 급격히 멈추는 당령을 보며 씨익 웃었다.

"이제 나만 살면 되는 건데… 컥!"

짧은 비명과 함께 풍월은 조금 전 유연청이 당했을 때와는 비교도 되지 않을 정도로 처참하게 나뒹굴었다.

"쥐새끼 같은 놈! 자근자근 밟아 죽여주마!"

노기충천한 양산웅이 손에 든 검마저 팽개친 채 풍월을 향해 달려들었다.

힘겹게 몸을 일으킨 풍월이 힐끗 뒤를 돌아보았다.

'앞으로 십여 장. 최대한 자연스럽게.'

내심 각오를 다질 때 양산웅이 가소롭게 웃었다.

"도망칠 곳이 있을 것이라 보느냐?"

"누가 도망을 친다고 그래?"

풍월이 묵뢰를 힘겹게 들어 올리며 말했다.

양산웅이 전의를 다지는 풍월을 보곤 웃음을 터뜨렸다.

평소의 풍월이라면 그 자체만으로도 위협적일지 모르나 지금은 아니다.

그가 어떤 부상을 당했는지 이미 알고 있었고, 또 방금 전 일격을 성공시키면서 확실하게 알았다. 지금의 풍월은 밟아도 꿈틀대지 못할 정도로 망가져 있다는 것을.

그렇다고 완전히 경계를 푼 것은 아니었다.

양산웅이 풍월을 향해 빠르게 접근하자 풍월은 즉시 반응했다.

"호오!"

양산웅은 자신의 주먹을 피하며 곧바로 옆구리를 노리는 풍월의 움직임에 놀라움을 감추지 못했다.

물론 예전과 비할 수 없을 정도로 느린 역공이기에 그다지 위협이 되지는 않았으나 제대로 회복하지도 못한 몸으로 이 정도의 반응을 보일 수 있다는 것 자체가 대단한 것이었다.

　'확실히 대단한 놈이다. 당가나 다른 자들이 어째서 이놈을 어려워하는지 또 한 번 느끼게 되는구나. 후환을 없애기 위해서라도 이곳에서 끝장을 봐야 한다.'

　원한도 원한이지만 반드시 죽여야 할 이유가 또 생겼다.

　풍월의 실력에 두려움을 느낀 양산웅의 눈빛이 돌변하자 이를 즉시 눈치챈 풍월이 각오를 다졌다.

　'이제 마지막.'

　한 줌 남지도 않은 내력을 최대한 끌어모아 호신강기를 강화시킨 뒤 묵뢰를 휘둘렀다.

　몇 걸음 뒤트는 것으로 묵뢰를 피한 양산웅의 주먹이 풍월의 가슴팍을 향해 밀려들었다.

　풍월이 재빨리 묵뢰를 끌어당겨 양산웅의 주먹을 막았다.

　양산웅은 아랑곳하지 않고 그대로 주먹을 뻗었다.

　푸르스름한 강기가 주먹을 감싸며 묵뢰를 두들겼다.

　꽝!

　강력한 충돌음과 함께 풍월의 몸이 붕 떴다.

　힘없이 날아간 풍월이 지붕에서 떨어지는 폭포수와 부딪치곤 그 아래 호수로 추락했다.

굉음을 내며 떨어지는 폭포수, 그 밑에 이는 회오리가 순식간에 그의 몸을 삼켰다.

"이런!"

호수 옆으로 달려온 양산웅이 낭패라는 표정을 지었다.

몸을 숙여 호수를 살폈다.

아무리 안광을 높여도 칠흑처럼 어두운 호수에서 풍월의 존재를 찾는 것은 불가능했다.

어느새 곁으로 달려온 당령도 그와 마찬가지로 신중히 풍월을 찾았다. 혹여 은밀히 숨기라도 할까 횃불을 돌려가며 호수 주위를 살펴보았지만 한참의 시간이 흘러도 풍월의 모습은 보이지 않았다.

결국 찾기를 포기한 당령이 못마땅한 얼굴로 물었다.

"제대로 처리하신 건가요?"

"물론이오. 아마도 절명했을 것이오. 확실히 느낌이 왔소이다."

양산웅이 자신만만한 얼굴로 말했다.

생각보다 너무 높이, 그리고 멀리 날아갔다는 것이 살짝 마음에 걸렸지만 아마도 그건 충격의 여파로 인한 반발력이리라.

"하지만 시신이 떠오르지 않잖아요."

당령의 신경질적인 반응에 양산웅이 타이르듯 말했다.

"물에 빠진 시신은 곧바로 떠오르지 않소. 한여름에도 최소한 사나흘은 걸려야 부패를 하고 그 뒤에 떠오르는 법이오."

양산웅이 무릎을 꿇어 호수에 손을 넣고 휘휘 저으며 말을 이었다.

"하물며 이처럼 차가운 물에선 언제 떠오를지 장담할 수 없을뿐더러, 꼭 이곳에서 떠오른다는 보장도 없소. 고여 있는 물이 아니기에."

양산웅이 묘한 미소를 지으며 일어섰다.

당가의 식솔이 설마하니 그 정도 상식도 모르냐는 듯한 표정에 당령의 눈가 깊숙한 곳에서 한기가 일었다 사라졌다.

"모를 리가 없지요. 그저 답답한 마음에 물어보았을 뿐입니다."

한숨을 내쉬는 당령이 왼쪽 가슴에 달려 있는 장신구를 만졌다.

옥접(玉蝶), 나비 모양의 장신구는 손바닥보다 조금 작았는데 색도 색이거니와 꽤나 정교하게 만들어져 마치 진짜 나비를 보는 것 같았다.

하지만 양산웅의 시선은 옥접이 아니라 옥접을 받치고 있는 그녀의 가슴에 머물고 있었다.

폭포수가 만들어낸 물보라에 옷이 젖은 당령은 상체의 굴곡을 그대로 드러낸 상태였다.

'허! 얼굴만 예쁜 게 아니라 몸은 그야말로……'

음란한 상상을 하고 있던 양산웅의 입에서 다급한 외침이 터져 나온 것은 그녀의 가슴에 달려 있던 옥접이 사라지면서였다.

순간적으로 살기를 감지한 양산웅이 그가 할 수 있는 가장 빠른 동작으로 몸을 틀며 물러났다.

수십 조각으로 나뉜 옥접의 파편이 순식간에 그를 덮쳤다.

양산웅은 양팔을 미친 듯이 휘저으며 옷소매로 파편을 휘감으려 했다.

어느 정도는 성공한 듯했다. 다만 옷소매마저 뚫고 그의 몸에 박힌 극히 일부의 파편이 문제였다.

"무슨 짓이냐?"

거의 모든 파편을 막아낸 양산웅이 살기등등한 얼굴로 소리쳤다.

입술을 꽉 깨물고 있는 그의 표정은 심각했다.

살갗을 파고든 파편에서 심상치 않은 느낌이 퍼지고 있음을 직감한 것이다.

아마도 독일 터. 필사적으로 내력을 움직여 독 기운을 제어하려 했지만 쉽지가 않았다.

"처음부터 이러려고 한 것이냐?"

양산웅이 이를 부득 갈며 물었다.

당령은 별다른 대꾸 없이 몸을 돌렸다.

"죽일 년!"

당령의 몸이 양천과 제자들에게 향하는 것을 본 양산웅은 생각할 겨를도 없이 몸을 날렸다.

한 발, 두 발, 세 발.

"컥!"

정확히 세 걸음을 떼었을 때 외마디 비명과 함께 양산웅의 몸이 거세게 흔들렸다.

"이, 이런 독이… 우웩!"

양산웅은 믿어지지 않는다는 얼굴로 당령을 쳐다보다 엄청 난 양의 피를 토해냈다.

제대로 중독이 된 것인지 피의 색깔은 이미 검붉은 색으로 변색되어 있었다.

"으으으."

비명을 지르며 달려오는 양천을 향해 손을 뻗던 양산웅이 두 눈을 부릅뜬 채 그대로 고꾸라졌다.

당령은 양산웅의 죽음을 확인도 하지 않은 채 양천과 승룡 검파의 무인들을 향해 검을 뽑았다.

그녀는 옥접의 파편이 양산웅의 살갗을 뚫고 들어가는 순 간, 이미 그의 죽음을 확신했다.

당가의 암기 서열 십위에 올라 있는 혈우접(血雨蝶)이 품고 있는 독은 당가에서도 극히 일부의 사람들만 취급할 수 있는 봉황루(鳳凰淚)다.

세 걸음을 떼기 전에 숨이 끊어진다고 하여 흔히 삼보추혼(三步追魂)이라 불리기도 하는 절독.

아예 중독이 되지 않도록 조심한다면 모를까 몸 안에 독이 침투한 이상 양산웅이 감당할 수 있는 독이 아니었다.

"으아아아아!"

부친의 죽음을 눈앞에서 확인한 양천이 피눈물을 흘리며 달려들었다.

당령은 차가운 눈빛으로 양천을 응시했다.

풍월의 일격에 갈비뼈가 부러지고 내부의 장기마저 크게 상한 양천은 정상적인 상태가 아니었다.

내력을 제대로 활용하지 못하는 것은 물론이고 검에 제대로 힘을 실을 수가 없었다.

양천보다는 오히려 좌우에서 보좌하듯 달려오는 다른 제자들이 더 위험해 보였다.

하지만 당령은 그다지 신경을 쓰지 않았다.

양천이 부상을 당해 제 실력을 발휘하지 못하는 한 정면으로 상대한다고 해도 능히 감당할 자신이 있었다. 게다가 그들의 뒤에서 당호를 필두로 패천마궁과의 싸움에서 승리한 당가의 식솔들이 달려오고 있었기 때문이다.

당가의 접근을 눈치챈 승룡검파의 무인들이 다급히 몸을 틀었다. 양산웅이 목숨을 잃은 순간, 이미 이긴다는 생각은 하지 않았다. 그저 신의를 버리고 배반을 한 당가의 식솔을 한 놈이라도 더 데리고 죽으리란 각오뿐이었다.

하지만 그 또한 쉬운 일은 아니었다. 비록 후연과의 싸움에서 체면을 구기기는 했으나 당호는 그들이 감당할 수 있는 상대가 아니었다.

오초도 되지 않아 한 명의 제자가 목숨을 잃고 쓰러졌고, 나머지 두 명의 제자 또한 당호의 뒤를 따르던 이들의 공격에 별다른 저항도 하지 못한 채 목숨을 잃고 말았다.

승룡검파 무인들을 눈 깜짝할 사이에 전멸시킨 당호는 싸늘한 눈빛으로 고개를 돌렸다.

당령과 양천의 싸움은 나름 처절했다.

싸움 자체가 대등했다기보다는 어떻게든 부친과 사형제들의 복수를 하려는 양천의 안타까운 노력이 처절했다.

당령은 양천의 공격을 모조리 받아주면서도 딱히 반격을 하지는 않았다. 그저 묵묵히 방어만 할 뿐이었다.

결국 죽을힘을 다해 펼친 모든 공격이 허무하게 막히고 현재의 자신의 몸으론 어쩔 수 없다는 것을 확인한 양천이 절망적인 표정으로 검을 늘어뜨리자 그제야 당령의 검이 움직였다.

서걱!

소름 끼치는 마찰음과 함께 양천의 목이 허공을 갈랐다.

당령은 땅에 떨어진 양천의 머리가 양산응의 앞까지 굴러가는 것을 확인한 후 몸을 돌렸다.

짜악!

시원한 타격음이 동공에 울려 퍼졌다.

고개는 물론이고 상체까지 돌아갈 정도로 뺨을 맞은 당령이 흐트러진 머리카락을 바로 하며 몸을 돌렸다.

"어째서 양 문주를 해친 거냐?"

"⋯⋯."

"대답해라. 어째서 양 문주를 해친 거냐? 그는 우리와 끝까지 신의를 지키려 했다. 본가의 체면에 먹칠을 하다니!"

당호는 양산응과의 신의를 들먹이며 당령을 거칠게 몰아세웠다.

당호가 의와 협, 신의를 지키기 위해 애쓰고 위하는 자냐면 딱히 그렇다고 할 수는 없었다.

그의 내재된 성향을 감안했을 때 오히려 자신의 이익을 위해서라면 신의 따위는 언제든지 저버릴 수 있는 자였다.

그럼에도 신의 운운하며 당령을 몰아세우는 것은 조금 전, 자신을 대신해 후연을 겪음으로써 식솔들 앞에서 망신을 준 일에 대해 분풀이를 하려는 것뿐이었다.

비스듬히 고개를 기울인 당령이 무심한 눈길로 당호를 바라보았다.

못났다. 참으로 못났다.

예전부터 느껴왔지만 당가의 미래를 책임질 장손으로서 자격 미달이란 생각이 들었다.

이제 결단을 내릴 때였다. 아니, 양산웅의 목숨을 취하면서 이미 결정은 내린 상태였다.

"그가 내 몸을 훔쳐봤어."

당령이 무미건조한 음성으로 대답했다.

"뭐? 그게 무슨……."

전혀 예상치 못한 대답에 당황한 당호가 자신도 모르게 당령의 몸을 살피다 젖은 옷 위로 드러난 굴곡을 보고는 황급히 고개를 돌렸다. 다른 식솔들 역시 마찬가지였다.

"실수한 것이겠지. 설사 아무리 그렇다고 하더라도 그것이 신의를 깨고 목숨을 빼앗는 것을 용인할 정도는 아니다."

"마음대로 생각해. 어차피 오라버니의 용인 따위를 얻으려고 한 행동은 아니니까."

착 가라앉은 음성으로 조용히 내뱉는 당령의 목소리는 섬뜩하기까지 했다.

"그게 무슨 말……."

조심히 고개를 돌리며 묻던 당호의 몸이 그대로 얼어붙었다. 그녀의 손에 감히 상상도 할 수 없는 물건이 들려 있었기 때문이다.

"그, 그게 어째서 네 손에? 아니, 그, 그보다 대체 무슨 짓을 하려는 거… 냐?"

창백해진 얼굴로 자기도 모르게 뒷걸음질을 치는 당호의 목소리가 덜덜 떨렸다.

당가의 식솔들은 기세등등하게 당령을 몰아붙이던 당호의 급작스러운 변화에 다들 어리둥절한 표정을 지었다. 어째서 그리 두려운 표정을 짓는 것인지도 이해를 하지 못했다.

당연했다.

당령이 손에 들고 있는 조그마한 쇠통.

마치 목침을 축소해 놓은 것 같은 작은 통의 존재를 아는 사람은 많지 않았다. 당가 내에서도 함부로 입에 올리지 않을 뿐더러 최소한 당호 정도의 지위는 되어야 겨우 한두 번 볼 기회가 있을 정도로 비밀에 부쳐진 물건.

"그, 그게 어째서 네 손에 있는 거냐니까!"

당호가 겁에 질린 얼굴로 소리쳤다.

"아버지가 주시더라고."

순간, 당호는 당가의 모든 암기와 무기의 제작, 관리를 책임지고 있는 숙부를 떠올렸다.

"놀랍지? 마치 지금과 같은 일이 벌어질 것을 아신 것처럼."

당령의 웃음에 모골이 송연해졌다.

아름다운 얼굴 뒤에 감춰진 그녀의 차갑고 잔인한 모습을 어릴 적부터 보아온 당호는 극한의 공포와 함께 죽음의 공포를 느꼈다.

"도, 도망쳐!"

뒷걸음질 치던 당호가 다급한 경고와 함께 몸을 날렸다. 그러나 영문을 알길 없는 당가의 식솔들은 아무도 움직이지 않았다.

"늦었어."

당령이 나른한 한마디와 함께 도주하는 당호, 그리고 당가의 식솔들을 향해 쇠통, 무림 삼대금용암기 중 하나인 혈루비를 겨눴다.

"잘 가."

당령의 입가에 엷은 미소가 지어졌다.

제49장

도화원(桃花園)

　양산웅의 공격을 허용하고 결국 호수에 빠지게 된 풍월은 절명했을 것이라 단언한 양산웅의 예상과는 달리 큰 타격을 받지 않았다.

　양산웅이 마지막 공격을 펼칠 때 온몸의 내력을 동원하여 호신강기를 두르고 공격에 대응하는 것이 아니라 적당히 편승을 하며 몸을 날렸다.

　그렇기에 피해를 최소화하면서 별다른 의심 없이 호수에 들어갈 수 있었다.

'호수가 바로 천마의 무덤으로 향하는 통로일세.'

'가주님만 믿습니다.'

풍월은 제갈중의 단언을 떠올리며 최대한 호흡을 아끼곤 호수를 주시하고 있을지 모르는 자들의 눈을 피해 조심스레 이동을 시작했다.

어릴 적부터 화도에서 물질을 하며 살아온 풍월에겐 그리 어려운 일은 아니었다.

폭포수로 인해 요동을 치는 호수의 표면과는 달리 그 아래의 물길은 비교적 느리게 움직였다.

물길을 따라 움직이던 풍월은 물속에 완전한 어둠이 찾아오자 동공을 벗어난 것으로 판단하곤 품을 더듬어 조그만 주머니 하나를 꺼내 들었다.

'흑귀대가 버틴 시간은 일각 정도였던가.'

풍월은 호수의 바닥을 뒤졌던 흑귀대원들을 떠올렸다.

동공과 별실을 아무리 살펴도 천마의 흔적을 발견할 수 없었던 순후는 흑귀대 중에서도 물질을 잘하는 대원들을 차출하여 가능한 범위 내에서 호수를 샅샅이 살폈다.

야광주 하나씩을 들고 호수로 뛰어들었던 흑귀대원들의 평균 잠영 시간이 대략 일각 정도였다. 그리고 그들은 아무것도 발견하지 못했다.

'흑귀대보다 더 버틸 수 있지만 어차피 큰 차이는 나지 않는다. 하지만 귀환을 염두한 그들과는 달리 나에겐 뒤가 없기에 최소한 배 이상은 앞으로 나아갈 수 있겠지. 그리고 내겐 바로 이것이 있지.'

풍월이 주머니를 풀자 그 안에 들어 있던 모래가 물길을 따라 순식간에 퍼져 나갔다.

한데 그냥 모래가 아니었다.

제갈중이 빼돌린 야광주 하나를 가루로 만들어준 것이기에 주머니를 빠져나오자마자 주변을 밝혔다.

물론 그 빛이라는 것이 코앞에서 손바닥을 겨우 확인할 수 있을 정도였고, 그나마도 모래들이 사방으로 흩어지며 희미해졌지만 상관없었다.

물길을 따라 이동하는 모래를 놓치지 않을 정도의 빛만 있으면 충분했다.

'자, 너만 믿는다.'

물길을 따라 움직이는 희미한 빛 무리를 보며 풍월도 천천히 몸을 움직였다.

제갈중의 말대로 호수의 물길이 천마의 무덤으로 통하는 길이 확실하다면 모래의 빛이 자신을 인도할 터였다.

"크으으으."

"으아아악!"

동공을 가득 채우는 끔찍한 비명과 함께 혈루비에 노출된 당호와 당가의 식솔들이 칠공에서 피를 흘리며 쓰러지기 시작했다.

"나쁜… 년. 내 너… 의 속셈을 모… 를 줄 알아. 만독… 마존의 무… 공이 탐이 나는 거지? 그리… 고 그 독단까지."

당호가 피눈물을 줄줄 흘리며 소리쳤다. 눈동자는 이미 녹아내려 앞을 볼 수도 없는 상태였다.

"그럴 수도. 하지만 오라버니가 그렇게 병신처럼 굴지만 않았어도 내 욕심을 접을 수 있었어."

"거짓… 말. 어디서 핑… 계를! 넌 그냥 욕심… 에 눈이 멀어 핏… 줄까지 죽… 이는 개 같은 년……."

당호는 마지막 말을 맺지 못한 채 고개를 떨구고 말았다.

당호를 비롯하여 당가의 식솔들이 모조리 숨이 끊어지자 당령의 시선은 공포에 떨고 있는 마지막 생존자에게 향했다.

팽가에서, 아니, 이제는 당령과 더불어 유일하게 살아남은 팽후는 눈앞에 펼쳐진 끔찍한 광경에 할 말을 잃었다.

성정이 다소 편협하고 외골수적인 면이 있다고는 하지만 독보적인 독공과 암기술을 가지고 무림 사대세가로 명성을 떨치는 당가에서 이렇게 참담한 일이 벌어진다는 것을 도저히 믿을 수 없다는 표정이었다.

팽후는 무표정한 얼굴로 다가오는 당령을 향해 칼을 내 뻗으며 소리쳤다.

"악마 같은 년! 고작 무공 따위를 욕심내 핏줄을 죽이다니! 인간의 탈을 쓰고 어찌 그런 만행을 저지른단 말이냐!"

"내가 나쁜 년이라는 건 나도 알아. 그러니까 그냥 죽어."

조용히 읊조린 당령이 손을 휘젓자 수십 개의 세침이 팽후를 향해 날아갔다.

팽후는 다급히 칼을 휘둘러 세침을 막았지만 애당초 그가 지금껏 살아남은 것은 단순히 운이 좋았을 뿐 두드러지게 뛰어난 무공을 지녀서 그런 것은 아니었다.

게다가 연이은 격전으로 부상까지 당한 터라 제대로 움직일 수가 없었다.

첫 번째 공격은 겨우 막아낼 수 있었지만 이어진 공격을 감당하지 못하고 결국 무릎을 꿇고 말았다.

치명상을 당한 팽후는 팽가의 상징이라 할 수 있는 호아도(虎牙刀)를 꽉 움켜쥔 채 고개를 떨궜다.

목숨을 구걸하는 일 따위는 하지 않았다.

핏줄까지 해친 당령의 손속은 거침이 없었다.

허공에 실선을 그으며 날아간 검이 팽후의 숨통을 끊었다.

팽후의 몸이 힘없이 처박혔다.

팽후를 끝으로 모든 생존자가 사라지고 동공엔 깊은 적막
감이 찾아들었다.

주변을 천천히 돌아보며 자신이 벌인 일을 차분히 살피는
당령, 그녀의 입에서 나직한 탄식이 터져 나왔다.

피눈물을 흘리며 쓰러진 당가의 식솔들이 눈에 밟혔다.

당가의 운명을 무능하고 멍청하기 짝이 없는 당호에게 맡기
지 않기 위해서 벌인 일이라지만 그래도 핏줄의 목숨을 빼앗
았다는 것이 조금은 마음에 걸렸다.

"세가를 위한, 대를 위한 희생이라 생각해요."

말은 그리하면서도 당령은 그들의 시신을 수습할 생각조차
하지 않았다.

미련 없이 몸을 돌린 당령이 양산응의 시신 쪽으로 다가갔
다.

엄청난 양의 피를 토하고 쓰러지는 바람에 양산응의 주변
엔 굳은 피가 가득했다.

당령은 피가 닿는 것이 싫은지 발끝으로 양산응의 몸을 뒤
집곤 검 끝으로 그의 품을 뒤졌다.

양산응이 품고 있던 만독마존의 무공 비급의 겉면이 피로
얼룩진 것을 본 당령의 미간이 급격하게 굳었다. 그렇지 않아
도 오래된 책이 피로 인해 어떻게 상했을지 감이 잡히지 않

았다.

검을 내려놓고 다급히 비급을 살피는 당령. 초조했던 그녀의 입에서 안도의 한숨이 터져 나왔다.

다행히 표지만 피가 묻었을 뿐 안의 내용은 무사했기 때문이다.

무공 비급을 소중히 품에 갈무리한 당령이 영단이 들어 있는 옥함까지 찾아냈다. 옥함에도 피가 묻어 있었지만 책자와는 달리 전혀 문제될 것이 없었다.

마침내 만독마존이 남긴 세 가지 유품이 그녀의 손에 들어왔다.

만년곤옥과 무공 비급, 영단을 손에 쥔 당령은 벅찬 표정으로 자신의 손에 들린 보물을 한참 동안이나 살펴보다 천천히 걸음을 옮겼다.

새로운 통로가 발견된 별실에 도착한 당령은 곧바로 가부좌를 틀고 앉았다. 그러고는 옥함에 들어 있는 영단을 꺼냈다.

만년곤옥과 만독마존의 무공 비급은 세가로 가지고 갔을 때 자신의 차지가 될 가능성이 많았다.

세가의 무공을 발전시키기 위해 참고는 할 수 있을지 몰라도 당가의 적통을 잇는 자가 만독마존의 무공을 익힌다는 것도 자존심상 있을 수 없는 일이기 때문이다.

하지만 영단은 아니다. 단언컨대 세가의 늙은이들은 영단을 구해온 자신이 아니라 당호를 이어 세가의 후계자가 될 누군가에게 복용을 시킬 것이 틀림없었다. 세가의 후계자를 위한다는 명목하에.

당령은 일말의 망설임도 없이 영단을 입에 넣었다.

영단이 지닌 독의 기운을 감당하지 못할 가능성이 있음에도 주저하지 않았다.

핏줄을 죽이고 차지한 영단이다. 죽음 따위는 조금도 두렵지 않았다.

영단은 침이 닿자마자 녹아서 목으로 넘어갔다.

입에 남은 향긋함이 사라지기도 전에 배 속에서 불길이 치솟았다.

상상도 할 수 없는 고통에 당령이 두 눈을 부릅떴다.

고통으로 인해 전신의 핏줄이 툭툭 솟았지만 그 고통을 이겨냈을 때 자신이 얻게 될 과실이 얼마나 달콤할지를 알고 있기에 표정은 분명 웃고 있었다.

'하, 한계다.'

일각이 훌쩍 넘는 시간 동안 자신을 안내한 모래의 빛도 이제는 거의 보이지 않았다.

빛을 놓치지 않기 위해 턱밑까지 차오른 숨을 참으며 필사적으로 팔다리를 놀려 보았지만 방향감각을 잃은 것인지 제자리만 빙글빙글 돌 뿐이었다.

무엇보다 오랫동안 호흡을 하지 못해 가슴이 터질 것 같았다. 끔찍한 두통과 함께 정신마저 혼미해졌다.

'가주님, 이번엔 틀렸습니다.'

풍월은 호수야말로 천마의 무덤으로 통하는 진정한 관문이라는 것을 역설하던 제갈중의 모습을 떠올리며 쓴웃음을 짓고 말았다.

바로 그 순간, 자신도 모르게 숨을 들이켜 공기가 아닌 차디찬 호수의 물이 코와 입으로 쏟아져 들어왔다.

숨을 쉬지 못할 때와는 또 다른 고통이다.

몸부림치는 풍월의 눈엔 핏발이 곤두섰다.

하지만 그것도 잠시였다.

몸부림은 점점 느려지고 부릅떴던 눈도 서서히 감기며 의식도 점점 멀어지기 시작했다.

문득 할아버지들과 활짝 웃는 어머니의 얼굴이 보였다.

반가운 얼굴.

풍월의 입가에 미소가 지어졌다.

죽을 때가 되어 보는 환영이라도 이렇게 다시 보니 정말 좋았다.

'오랜만이네요.'

대답은 없었다.

아쉽기는 해도 상관없었다.

환영에 대답을 기대하는 것 자체가 우스운 일. 어차피 곧 만나게 될 터였다.

다만 아쉬운 것은 뒤쪽에서 비치는 빛으로 인해 할아버지들과 엄마의 얼굴을 제대로 확인할 수 없다는 것이다. 그저 얼굴의 윤곽만 겨우 알아볼 정도였다.

'빛만 없으면… 빛……?'

힘없이 감기던 풍월의 눈이 번쩍 떠졌다.

할아버지들과 엄마의 환영이 사라졌다.

대신 어둠 가득한 물길 저편에서 일렁이는 빛의 무리가 눈에 들어왔다.

풍월의 눈에 희열이 깃들었다.

그동안 자신을 안내하던 야광주 가루가 아니다. 그보다 훨씬 크고 밝으며 아름다운 빛이었다.

어디에서 그런 힘이 난 것인지 미친 듯이 팔다리를 휘저었다. 몇 번이나 물을 마시면서도 움직임을 멈추지 않았다.

오 장, 삼 장, 일 장.

마침내 빛의 무리가 손에 잡혔다.

"푸학!"

물 위로 치솟은 풍월이 격렬하게 숨을 토해내며 기침을 해댔다.

손끝에 미끈한 것이 느껴졌다.

풍월은 몇 번이나 미끌어지며, 손톱이 부러지는 고통 속에서 겨우 몸의 절반을 뭍에 걸칠 수가 있었다.

손가락 하나 까딱할 힘이 없던 풍월은 그 자세로 거의 반시진 가까이나 엎드려 있다가 천천히 몸을 일으켰다.

몸이 휘청거렸다.

손톱 몇 개가 부러진 것은 통증으로 느껴지지 않을 정도로 온몸이 비명을 질러댔다. 발걸음이 천근만근이나 되는 것처럼 무거웠다.

풍월은 마치 무엇인가에 홀린 듯 빛을 따라 계속 이동했다.

좁은 길에 경사가 몹시 가팔랐지만 계단이 놓여 있었기에 오르는 데 크게 무리는 없었다.

계단이 놓여 있다는 것은 사람의 손길이 닿았음을 의미하는 것. 풍월은 자신이 천마의 무덤을 발견했음을 직감했다.

계단 끝, 제법 커다란 바위가 길을 막고 있었다.

바위는 생각보다 쉽게 밀쳐졌다.

밀려난 바위가 육중한 소리를 내며 계단 옆으로 굴러 떨어졌다.

쿠쿠쿵!

육중한 진동이 주변을 흔들었다.

단지 바위가 떨어지면서 내는 소리와는 뭔가가 달랐지만 지금의 풍월은 그 차이를 눈치챌 여유가 없었다.

바위가 치워지고 좁았던 길이 급격히 넓어지는가 싶더니 이내 온 세상이 환해지며 우거진 수풀이 모습을 드러냈다.

풍월은 묵뢰를 이용해 수풀을 제거하며 걸음을 옮겼다.

방향을 잃을 염려는 없었다.

바닥에 징검다리처럼 깔린 돌들이 확실하게 안내하고 있었다.

우거진 수풀 사이로 몇 그루의 복숭아나무가 자라고 있었다.

가지마다 잘 익은 복숭아가 매달려 있었는데 이를 본 풍월은 말 그대로 눈이 뒤집혔다.

부상으로 인해 정신을 잃었다 깨어난 이후, 제대로 먹지도 못하고 이어진 강행군에 허기가 질대로 진 상태였다.

풍월은 손에 잡히는 대로 정신없이 복숭아를 따먹었다.

한입 베어 물을 때마다 향기로운 과즙이 터졌다. 지금껏 맛보지 못한 천상의 맛이었다.

눈 깜짝할 사이에 십여 개의 복숭아를 따먹고 허기가 가시자 그제야 주변을 돌아볼 여유가 생겼다.

가장 먼저 눈에 들어온 것은 하늘 높은 줄 모르고 치솟은 절벽이다.

사방을 병풍처럼 에워싼 절벽은 그 높이가 족히 백여 장은 되어 보였다.

문득 패천지동의 모습이 떠올랐다.

절벽이 사방을 둘러친 것이 어째 형태가 비슷했다. 다만 규모는 이곳이 훨씬 컸다.

"설마 갇힌 것은 아니겠지?"

불길한 생각이 치솟았지만 여차하면 절벽을 오르면 그만이란 생각을 했다.

분지 중앙에 지은 지 며칠 되지 않은 것 같이 잘 보존된 초가가 하나 있었고, 초가 왼편엔 규목(槻木: 느티나무) 한 그루가 압도적인 위용을 자랑하며 우뚝 서 있다. 장정 다섯은 족히 나서서 팔을 잡아야 겨우 둘레를 잴 수 있을 정도였고, 높이도 십 장 가까이나 되었다.

"저건!"

풍월의 눈빛이 번뜩였다.

규목에 백골 한 구가 결박되어 있는 것을 본 것이다.

풍월이 두근대는 가슴을 진정시키며 다가갔다.

백골은 모두 일곱 자루의 칼에 의해 규목에 결박되어 있었다.

머리와 팔다리 일부를 제외하고 대부분의 뼈가 바닥에 떨어져 있었는데 칼의 위치를 보곤 백골의 주인이 어떤 식으로 목숨을 잃었는지 짐작할 수 있었다.

"팔과 다리, 단전과 가슴, 그리고 머리네."

특히나 두개골을 뚫고 박힌 칼의 모습이 섬뜩하기 그지없었다.

"누구지? 설마 천마는 아닐 테고……."

의문은 길지 않았다. 어차피 고민을 해봐야 지금 당장 확인할 수 있는 것이 아무것도 없었다.

풍월의 발걸음이 초가로 향했다.

멀리서 보았을 때도 잘 보존되었다고 느꼈지만 막상 바로 앞에서 보게 되자 입이 쩍 벌어졌다. 누군가 제대로 관리를 한 것처럼 흠 하나 잡을 수 없을 정도로 완벽하게 보존되어 있었기 때문이다.

"흠, 누군가 이곳을 살펴온 건가?"

잠시 고개를 갸웃거리던 풍월이 이내 고개를 저었다. 그렇다고 하기엔 주변에 우거진 수풀과 초가의 담벼락을 넘볼 정도로 높고 무성히 자란 잡초들이 이해가 되지 않았다.

"어쨌건 확인해 보면 알겠……."

초가의 문을 열고 들어서던 풍월의 몸이 그대로 굳었다.

자신도 모르게 묵뢰를 움켜잡은 풍월. 경악으로 가득한 그의 시선이 초가의 중앙에 고정된 채 한참이나 움직일 줄 몰랐다.

어느 순간, 풍월의 몸이 휘청거렸다.

알 수 없는 두려움과 무력감이 온몸을 휘감았다.

풍월은 필사적으로 묵천심공을 운기하며 알 수 없는 힘에 대항했다. 하지만 내력이 바닥이 난 상태라 버티기가 쉽지 않았다.

그나마 자하신공의 힘이 함께 대항을 하는지라 쓰러지지 않고 버티는 것이었다.

부릅뜬 눈은 잔뜩 충혈이 되었고 이마엔 식은땀이 송골송골 맺혔다.

코와 입가에서 가느다란 핏줄기가 흘러내렸다.

버틸 수 있는 한계는 이미 한참 전에 지났다.

남은 것은 오직 정신력뿐.

피가 나도록 입술을 깨문 풍월은 자꾸만 희미해지는 정신을 억지로 부여잡으며 버티고 또 버텼다.

얼마를 그렇게 서 있었을까?

태산처럼 짓누르던 힘이 순식간에 사라졌다.

풍월은 쉽게 움직이지 못했다.

풍월이 답답한 숨을 토해내며 잔뜩 굳었던 몸을 움직인 것은 그를 압박하던 힘이 사라지고도 상당한 시간이 흐른 뒤였다.

풍월이 초가의 중앙을 향해 천천히 걸음을 옮겼다.

시선은 중앙의 방에서 검을 자신의 양 무릎에 올려놓은 채 좌정하고 있는 노인에게 향해 있었다.

앙상하게 마른 몸, 툭 튀어나온 광대, 허리까지 내려오는 머리카락을 아무렇게나 풀어 헤치고 군데군데 해어진 옷을 입고 있는 노인의 모습은 여느 촌로와 다르지 않았다.

하지만 반쯤 열린 눈빛은 마주치는 순간 오금을 저리게 만들 정도로 서늘하고 날카로웠으며 전신에선 감히 범접할 수 없는 기운이 뿜어져 나오고 있었다.

"후, 저 눈빛은 정말……."

노인의 눈빛을 다시 마주한 풍월은 욕지거리를 내뱉을 뻔했다.

노인이 이 세상 사람이 아니라는 것을 알면서도 자신도 모르게 반응하는 몸이 무척이나 짜증이 났다.

"대체 어느 정도 수준에 이르러야 죽어서도 이 정도의 투기를 내뿜을 수 있는 거야."

방금 전, 끔찍할 정도로 자신을 압박했던 무형의 기운을 떠올리며 치를 떨었다.

풍월은 눈앞의 노인이 모든 무림인들이 미친 듯이 찾아 헤맨 고금제일인 천마임을 확신했다.

아직 노인의 신분을 알 수 있는 그 어떤 것도 확인하지 못했다. 하나, 의심하지 않았다.

천마가 아니라면 이런 미친 존재감을 보여줄 수 있는 인물이 과연 누가 있단 말인가!

"어쨌거나 예의는 갖추는 것이 도리겠지."

풍월이 천마라 확신되는 노인을 향해 정중하게 절을 올렸다.

자신이 철산도문의 무공을 익혔고 그곳의 뿌리를 거슬러 올라가면 결국은 천마와 연관이 있기도 했다. 하지만 단순히 그런 인연을 떠나 한 사람의 무인으로서 절대자의 길을 걸었던 선배에 대한 예우였다.

"무림말학 풍월이 천마 조사님을 뵙습니다."

예의 바르면서도 당당함을 잃지 않은 풍월의 인사와 함께 방 안을 가득 채우고 있던 천마의 존재감이 신기루처럼 사라지기 시작했다.

바닥에 이마를 대고 있던 풍월은 갑작스러운 변화에 화들짝 놀라 고개를 쳐들었다.

그저 바라보는 것만으로도 자신을 주눅 들게 만들었던 천마의 시신이 급격히 부패하기 시작했다. 아니, 단순히 부패하는 것이 아니라 마치 잘 쌓아올린 모래성이 바람에 허물어지듯 그가 입고 있던 낡은 옷이며 살가죽, 살은 물론이고 뼈마저도 불에 탄 듯 한 줌의 재가 되어가고 있었다.

초가에도 변화가 일어났다.

천마의 시신이 급격히 변하는 시점에서 누군가 꾸준히 관리를 한 것처럼 잘 보존되었던 초가도 무너지기 시작한 것이다.

가장 먼저 지붕이 사라지고 서까래와 함께 벽이 무너져 내렸다.

튕기듯 일어난 풍월이 재빨리 손을 쓰지 않았다면 흙먼지가 고스란히 천마의 시신을 덮었을 터였다.

"뭐, 뭐야! 대체 무슨 일이 벌어지는 거야?"

무너지는 담벼락과 기둥으로부터 천마의 시신을 지켜낸 풍월은 난생처음 겪어보는 괴사에 어찌할 바를 몰랐다.

하지만 그가 할 수 있는 건 아무것도 없었다. 그저 지금의 현상이 빨리 멈추기만을 바라는 것이 전부였다.

촌각의 시간이 더 흐르자 초가집은 완전히 무너져 내렸고, 집의 토대가 되었던 몇 개의 기둥만이 간신히 남아 과거의 흔적을 보여주었다.

그사이 천마의 시신도 완전히 재가 되어 그의 다리 위에 올려 있던 검 위에 수북이 쌓였다.

"미치… 겠네, 정말."

답답함을 참지 못한 풍월이 뒤통수를 마구 긁었다. 입에서 연신 한숨이 터져 나왔다.

주변을 둘러보았다.

남은 것이 아무것도 없었다.

무너져 내린 담벼락 사이사이로 평소에 썼을 것이라 예상되는 사발 그릇 몇 개만 볼품없이 나뒹굴고 있을 뿐, 옷은 물론이고 이불 한 조각도 남지를 않았다.

"후! 설마 이게 끝은 아니겠지?"

다시금 한숨을 내뱉던 풍월의 눈에 항아리 하나가 들어왔다. 담벼락이 무너지며 주변의 항아리는 모두 깨진 듯했지만 그 항아리만큼은 비교적 상태가 온전해 보였다.

혹시나 하는 기대를 품고 걸음을 떼려던 풍월이 멈칫했다.

그의 시선이 검 위에 쌓인 재로 향했다.

바람만 불어도 사방으로 흩어질 한 줌의 재가 고금제일인으로 추앙받는 절대자의 마지막이라는 것이 왠지 서글펐다. 동시에 함부로 방치해선 안 되겠다는 생각이 들었다.

행여나 바람이라도 일까 조심히 무릎을 꿇은 풍월이 옷을 벗어 바닥에 깔았다. 그러고는 검 위에 쌓인 재를 옷 위로 옮기기 시작했다.

최대한 신중히 옮기느라 움직임은 더없이 더뎠다.

풍월은 인내심을 가지고 바닥에 깔린 티끌마저 모조리 수습하기 위해 몇 번이고 재를 쓸어 담았다. 그 와중에 불순물이 조금 섞여들었지만 잃는 것보다는 낫다는 생각에 개의치 않았다.

이제 마지막이란 생각을 하며 바닥을 쓸 때였다.

손바닥을 통해 지금과는 전혀 다른 느낌이 전해졌다.

흠칫 놀라 손을 뺄 정도로 차가운 느낌이었다.

깜짝 놀란 풍월이 바닥을 살폈다.

거무튀튀한 바닥의 색은 주변과 같았지만 재질이 달랐다.

손바닥을 대보자 차가운 기운이 전해졌다.

손가락으로 톡톡 두들기자 마치 돌을 두드리는 듯한 반응이 느껴졌다.

천천히 몸을 일으킨 풍월이 묵뢰로 바닥을 찍었다.

깡!

쇠붙이가 부딪치는 소리, 묵직한 진동과 함께 그렇잖아도 약해 빠진 나무 바닥이 쩍쩍 갈라졌다.

풍월은 부서진 나무 바닥을 치우곤 묵뢰와 부딪친 물체를 꺼냈다.

한 자 정도 크기의 철궤였다.

차갑기도 차갑거니와 무게도 보통이 아니었다.

철궤라면 마땅히 안이 비어 있을 터인데 마치 커다란 쇳덩이 그 자체를 든 것 같았다.

풍월이 철궤를 내려놓으며 오만상을 찌푸렸다.

"젠장, 뭐가 이리 무거워."

자신이 신경질적으로 내려놓은 철궤가 장인이라면 꿈에서라도 갖기를 원한다는 만년한철(萬年寒鐵)로 만들어진 것임을 알지 못한 채 풍월은 오직 철궤 안에 담겨 있을 내용물에만 잔뜩 기대를 품었다.

침을 꿀꺽 삼키며 조심히 밀납으로 봉해진 철궤를 열었다.

철궤 안에는 다섯 권의 책자와 양피지로 만든 한 장의 서찰이 들어 있었다.

둘둘 말린 서찰은 서찰이라 부르기 민망할 정도로 두꺼웠다.

풍월이 떨리는 손으로 책자를 꺼냈다.

천마대공(天魔大功).

천마무적도(天魔無敵刀).

천마군림보(天魔君臨步).

천마탄강(天魔彈罡).

살황지로(殺皇之路)

새것처럼 보이는 네 권의 책자와는 달리 마지막에 꺼낸, 유난히 두껍고 낡은 책자가 조금 이상하긴 했지만 제목만 보아도 누구의 무공인지 대번에 알 수 있었다.

고금제일인인 천마의 무공.

마침내 찾아냈다는 희열감 속에서 피식 웃고 말았다.

각 무공 비급에 적힌 제목에서 오만하기 짝이 없는 천마의 성정을 느낄 수 있었기 때문이다.

"내가 알고 있는 천마 조사의 무공과는 조금 이름이 다르네. 흐흐, 굳이 천마라는 이름을 넣는 것도 좀……."

들뜬 마음을 주체하지 못하고 연신 실없는 웃음을 흘리며 양피지로 만든 서찰을 집어 들었다.

네놈이 철궤를 발견하고 이 서찰을 읽고 있다면 그건 곧 본좌가 만들어놓은 두 가지 시험을 무사히 통과했다는 것을 의미할 것이다.

"두 가지 시험? 내가?"

자신이 언제 시험을 받았는지 의아한 풍월이 고개를 갸웃거리며 서찰을 읽어 내려갔다.

천뇌 놈이 이곳 도화원(桃花園)을 나가기 전, 이곳에 두 개의 기문진을 설치했다. 하나는 도화원 전체에, 다른 하나는 본좌가 머무는 초가에.

"이건 또 뭔 개소리야!"

기문진이라면 기겁을 하는 풍월이 자기도 모르게 비명을 질렀다.

외부에서 도화원으로 통하는 길은 천마동부와 이어지는 수로와 금편계곡으로 이어지는 소로길뿐. 하지만 금편계곡의 소로길은 천뇌가 이미 막아놓았으니 아마도 네놈은 천마동부에서 이어지는 수로길로 왔을 터. 어느 쪽으로 들어왔던 네놈이 이곳에 발을 내딛는 순간, 혼천환상겁륜대진(渾天幻像劫輪大陣)이 발동을 시작했을 것이다.

이름만 들어도 벌써 짜증이 솟구쳤다.

"씨팔……."

풍월의 입에서 욕설이 터져 나왔다.

초가에 펼쳐진 기문진은 무간무망진(無間無忘陣)이다. 이 진은 본좌가 죽음에 이르기 직전, 직접 발동시킬 것이다. 천뇌의 말이 확실하다면 무간무망진이 발동되면 외부의 힘이 작용하기 직전까지는 이곳에서의 시간은 멈춘다고 했다. 그것이 백 년이든 천 년이든 완벽하게. 무간무망진을 발동시키며 본좌는 첫 번째 시험을 준비했다. 네놈이 이 서찰을 무사히 읽는다면 네놈은 본좌의 시험을 통과한 것이다. 이는 칭찬해 줄만하다. 살아생전의 일 할도 채 되지 않을 테지만 본좌의 마기와 마안공(魔眼功)을 극복한다는 것은 결코 쉬운 일이 아니니까.

풍월은 마안공이란 말에 초가에서 처음 천마의 눈빛과 마주쳤을 때 겪은 고통을 떠올렸다.

그때 겪은 공포와 두려움, 압박감이 살아생전의 십분지 일에도 미치지 못한다는 말에는 헛웃음밖에 나오지 않았다.

"뭐, 어차피 나도 정상은 아니었으니까."

애써 자위하며 서찰로 눈을 돌렸다.

두 번째 안배는 철궤다. 네놈이 본좌가 펼친 마안공을 무사히 떨쳐내고 이곳까지 왔다면 무간무망진 역시 자연적으로 소멸되었을 터. 천뇌는 멈춰졌던 시간만큼 빠르게 흐를 것이라 했다.

"아!"

풍월의 입에서 탄식이 터져 나왔다.

금방이라도 살아 날뛸 것 같았던 천마와 초가가 어째서 그렇게 순식간에 먼지가 되어 사라진 것인지 비로소 이해가 되었다.

천마가 전설이 되어 사라진 지 벌써 삼백오십여 년, 그 긴 시간이 한순간에 들이친 것이니 먼지가 되지 않는 것이 오히려 이상했다.

본좌는 죽기 직전, 이곳에서 정리한 본좌의 무공과 더불어 그간의 사정을 간단히 정리한 기록을 남겼다. 바로 네놈이 들고 있는 서찰이다. 본좌의 무공은 고금제일, 하나만 제대로 익혀도 능히 군림천하를 할 수 있을 터. 이곳을 발견한 놈의 눈에는 뵈는 것이 없을 것이라 여겼다. 해서 두 번째 시험을 준비했다. 어렵지도 않은 것이다. 그저 최소한의 도리를 아는 놈이라면 능히 통과할 수 있는 시험이지. 만년한철로 만들어진 철궤에 본좌의 무공과 서찰을 밀봉한 후, 본좌가 앉을 바닥 밑에 숨겼다. 네놈이 이곳을 발견한 세월이 짧다면 본좌의 시신이 그대로 남을 것이고, 혹은 헤아릴 수 없이 많은 시간이 흘렀다면 본좌의 시신은 한 줌 먼지로 변했을 것이다. 네놈이 인간으로서 최소한의 도리를 아는 놈이라면 본좌의 시신을 수습하고자 했을 것이다. 물론 본좌가 남긴 철궤도 쉽게 발견했겠지. 하지만 그저 본좌의 유품에만 눈이 먼 놈이라면 꽤나 고생을 했을 터. 너는 과연 어느 쪽이었느냐? 인간의 도리를 아는 놈이더냐? 아니면 그저 운이 좋은 놈이

더냐?

"제가 인간의 도리를 제대로 아는 놈인지는 모르겠지만 아무튼 쉽게는 찾은 것 같습니다."

괜히 기분이 좋아진 풍월이 어깨를 으쓱거리며 마저 읽어 내려갔다.

참고로 본좌의 무공과 더불어 함께 넣어 놓은 것은 살황(殺皇)이란 놈의 것이다. 이곳에 오기 전, 네놈도 봤을 것이다. 제 사부를 해하려고 한 쓰레기 같은 놈이지만 그래도 그냥 묻어두긴 아까운 재주라 남기는 것이니 행여나 익힐 생각은 하지 마라.

"살… 황? 설마 살황마존(殺皇魔尊)?"

풍월이 깜짝 놀란 얼굴로 벌떡 일어났다. 그러고는 허물어진 담벼락 너머 규목에 묶여 있는 백골을 바라보았다.

팔대마존 중 서열 일위 살황마존이 저리 초라한 몰골로 숨졌을 줄 누가 상상이나 했을까!

"사부를 해하려 했다면 설마……."

풍월이 믿을 수 없다는 표정으로 다시금 서찰로 눈을 돌렸다.

본좌는 이미 수백 년 전에 몰락하여 단맥으로 내려오는 현천마문(玄天魔門)의 마지막 제자였다. 비록 몰락한 문파이긴 하나 무시하지 마라. 다른 누구도 아닌 본좌를 탄생시킨 문파다.

풍월의 입에서 웃음이 터졌다.

무공 비급에 적힌 제목을 보았을 때에도 그렇지만 서찰에 적힌 글귀 하나하나에도 천하를 발아래로 내려다보는 천마의 오만하고 자신감 넘치는 성정이 그대로 투영되어 있음을 느낄 수 있었기 때문이다.

물론 절대 비웃음은 아니었다. 천마는 능히 그런 말을 할 자격이 있었으니까.

본좌가 나이 서른에 현천마문의 모든 무공을 깨우치고 나아가 새로운 무공을 만들어내는 수준에 이르렀을 때, 사부께선 말씀하셨다. 현천마문이란 작은 이름에 구속되지 말고 본좌만의 길을 가라고. 그것이 군림의 길이 되었든, 패왕의 길이 되었든, 아니면 영웅의 길이 되었든 하고 싶은 대로, 본좌의 마음이 가는 대로 천하를 주유하며 살라고 말이다. 하지만 그러고 싶지 않았다. 무의 끝을 보고 싶은 본좌에게 사부가 말한 유희는 그저 사치일 뿐이었다.

　나이 마흔에 인간의 격을 깨닫고, 나이 오십에 땅의 이치를 엿
보았으며 나이 육십에 하늘의 뜻을 짐작하게 되었다. 그제야 비
로소 깨달을 수 있었다. 본좌가 도달하길 원하는 무의 끝은 허
상이라는 것을, 영원히 잡을 수 없는 신기루 같은 것임을 말이
다. 허무했다. 평생을 바쳐 이루고자 했던 것이 대체 뭐란 말이
냐.

　그래도 포기할 수가 없었다. 누군가는 본좌가 꿈꾸는 무의 극
의를 깨우치지 않았을까, 그 방법을 알고 있지는 않을까 하는 기
대감에 세상 밖으로 발걸음을 했다.

　단 며칠도 되지 않아 본좌의 간절한 바람이 얼마나 어처구니
없는 것인지를 깨닫게 되었다. 한 줌의 실력도 되지 않는 것들이
마도니, 패도니 하며 세상을 호령하고 있었다. 같잖은 논리로 무
장한 위선자들이 다른 이들을 핍박하고 있었다. 본좌의 눈엔 그
저 다 같은 쓰레기들이 말이다. 해서 잠시 보여주기로 했다. 진
정한 무가 무엇인지를.

　"천마… 행."

　풍월이 조용히 중얼거렸다.

　칠 년간 정, 사, 마를 가리지 않고 천 번의 비무를 펼치며
단 한 번의 패배도 없이 압도적인 승리를 거둔 천마.

사람들은 천마가 걸었던 그 신화적인 행보를 일컬어 천마행(天魔行)이라 불렀다.

수년 동안 무림을 종횡하며 헤아릴 수 없이 많은 비무를 했다. 한데 모두가 그저 그런 쓰레기들은 아니었다. 비록 본좌의 눈에는 차지 않지만 나름 인정을 해줄 만한 실력을 지닌 자들이 있었다. 또 위선이 아닌 진정으로 의와 협을 지닌 자들도 있었다. 더불어 무의 본질에 대해 논할 수 있는 인물 또한 극히 소수나마 존재는 했다.

본좌의 생각에 조금 변화가 왔을 때 본좌를 추종하는 무리가 생겼다. 눈치를 챘는지 모르겠지만, 맞다. 살황이란 거창한 별호를 지닌 놈이 본좌가 첫 번째로 거둔 놈이다. 그놈 이후, 정확히 일곱 연놈들과 악연(惡緣)을 맺었다. 모두 본좌와의 대결에서 처참하게 패한 후, 가르침을 자청한 놈들이다. 그중에서 마지막에 인연을 맺은 천뇌만이 끝까지 본좌를 위했으니 본좌의 눈이 썩었다고 힐난해도 할 말은 없다.

풍월은 천마가 거뒀다는 여덟 명의 제자가 사람들이 흔히 말하는 팔대마존임을 직감했다. 특히 악연이란 단어가 유난히 눈에 들어왔다.

딱히 어떤 무공을 가르쳐 준 적은 없다. 그저 제 실력을 극대화시킬 수 있도록 몇 가지 조언을 해주고 때때로 비무를 하는 것이 전부였다. 그것만으로도 이전과 비교할 수 없을 정도로 실력이 향상되었고 가소롭게도 놈들의 명성이 무림을 뒤흔들기 시작했다. 세상의 모든 사람들이 놈들을 두려워하며, 존경하고, 경외했다. 그 최종점에 본좌가 있었다. 아마도 그때부터였을 것이다. 본좌의 마음에 잠시나마 욕심이라는 것이 생긴 것이.

천마성은 그렇게 만들어졌다.

"하아!"

풍월이 나직한 한숨과 함께 서찰을 가만히 내려놨다.

어찌나 긴장을 하고 읽었는지 어깨가 뻐근할 정도였다.

지금까지 천마성이 만들어진 비화를 알았으니 이제 남은 것은 몰락일 터. 아마도 악연이라 단언한 팔대마존과 연관이 있으리라 미루어 짐작할 수 있었다.

잠시 호흡을 가다듬은 풍월이 다시금 서찰을 들었다.

잠시의 욕심, 치기로 천마성이 만들어지는 것을 용인은 하였으나 애당초 큰 관심은 없었다. 오히려 무의 끝을 확인하기 위해 홀로 고심하고 수련했던 날들이 그리워졌다. 해서 천마성을 떠나고자 했다. 그런 결심을 더욱 굳히게 된 것은 본좌와 버금가는, 아니, 어쩌면 본좌를 능가할 수 있을지도 모른다는 생각을 할 정도로 뛰어난 자질을 지닌 아이를 만나고부터였다. 융, 그 아이 역시 본좌처럼 고아였다. 그저 먹고살 길이 막막하여 종을 자처하고 천마성에 들어온 아이가 본좌의 눈에 띈 것은 아마도 하늘의 안배였을 터. 하지만 천마성은 이미 본좌의 뜻하나로 어찌해 볼 정도의 규모가 아니었다. 또 그럴 생각도 없었다. 본좌의 제자를 자처한 놈들의 역할 또한 지대했으니 놈들이 놀 공간 하나쯤은 남겨두는 것도 나쁘지 않다고 생각했다. 본좌는 조용히 은거하고 싶었지만 놈들은 시간을 달라고 했다.

본좌가 돌아갈 곳은 당연히 현천마문이다. 천문산, 천문동 분지에 위치한 현천마문을 유일하게 알고 있는 천뇌가 가장 먼저 움직였다. 사형들의 동의하에 본좌의 허락도 받지 않고 그곳에 온갖 수작을 부리기 시작했다. 제놈들 딴엔 나름 본좌의 업적을 기리고 성역화를 한다고 한 것이지만, 융과 함께 조용한 은거를 원하는 본좌에겐 그저 귀찮고 번거로운 일일 뿐이었다. 그래도 굳이 내치진 않았다. 그 또한 본좌가 그놈들과 맺은 인연으로 인해 파생된 일이었고, 무엇보다 본좌가 은거하고자 하는 곳은 놈들도 알지 못하는 장소였으니까.

풍월은 바로 그 장소가 자신이 지금 갇혀 버린 곳, 도화원임을 직감했다.

하루가 다르게 성장하는 융을 보곤 쓸데없이 시간을 버릴 필요가 없다는 생각에 천문동으로 향했다. 제자 놈들이 함께 동행을 하고자 했으나 모두 뿌리쳤다. 다만 그곳에 상주하고 있던 천뇌와 그년과의 만남은 어쩔 수 없었다. 후! 그년을 떠올리니 천불이 치솟는다.

풍월이 고개를 갸웃거렸다.
"그년? 누구지?"
천마가 '그년'이라 칭할 정도로 증오를 보내는 여인이 존재했다는 것이 무척이나 신기했다. 문득 팔대마존 중 유일한 여인을 떠올렸다.
"혹, 만독마존을 말하는 건가?"

천문동 분지에 설치된 온갖 기문진과 기관매복을 보곤 어이가 없었으나 번거로운 일을 피하는 데 그 나름대로 쓸모가 있을 듯하여 용인했다. 하지만 그때까지는 본좌도 알지 못했다. 천뇌가 설치한 것들이 다른 사람도 아닌 본좌의 제자 놈들을 상대하는 데 사용될 줄은 말이다.

본좌가 천문동의 분지에 도착한 그날 밤, 융과 함께 은거지로 조용히 떠나려던 순간, 천뇌가 다급한 얼굴로 달려왔다. 사연을 듣고는 어이가 없었다. 반역이란다. 제자 놈들이 본좌와 아이를 죽이고자 모조리 몰려왔다. 더 어이가 없는 것은 제자 놈들과 상극이라 할 수 있는 검존과 파천신부, 권왕이 함께라는 것이다.

그냥 외면할 수도 있었다. 미련이 없었기에 모두 주고 떠나면 그만이었다. 한데 그년이, 그년이……

우내오존의 언급에 숨도 쉬지 못하고 서찰을 읽어 내려가던 풍월은 태산 같은 풍모를 지니고 이어지던 글씨가 급격하게 흔들리는 것을 보곤 당시를 떠올리는 천마의 심경에 급격한 변화가 있음을 직감했다.

그년이란 단어에 찍힌 큼직한 먹물을 보곤 극심한 분노가 느껴질 정도였다.

그년이 융에게 암수를 썼다. 제자 놈들이 배반했다는 소식을 듣고도 방심한 본좌의 실수였다. 그년이 쓴 독은 고작 열한 살의 어린 꼬마가 견디기엔 참으로 지독했다. 본좌가 융을 살리기 위해 필사적으로 노력을 했지만 결국 실패했다. 한데 그년의 암수는 거기서 끝이 아니었다. 그년이 융에게 독을 사용하며 은밀히 부시혈독고(腐屍血毒蠱)를 심어놓은 것이다. 융을 통해 본좌의 몸에 침입한 부시혈고는 꽤나 지독했다. 본좌가 몇 번이나 죽이려 해보았으나 쉽지가 않았다. 물론 온전히 힘을 쏟는다면 제거하지 못할 것은 아니었으나 그럴 시간도 없었고 여유도 없었다. 감히 본좌를 능멸한 놈들을 응징해야 했으니까.

"부시… 혈독고?"

할아버지들의 영향으로 독에 대해 나름 열심히 공부를 했지만 들어본 적이 없는 이름이다. 다만 천하의 천마를 곤란케 했다니 얼마나 지독할지 조금은 짐작할 수 있었다.

"대단한 독물인 모양이네."

담담한 감탄사. 하지만 그건 풍월이 부시혈독고, 정확히는 부시혈고를 모르기에 보일 수 있는 일반적인 반응이다.

당가나 만독방의 식솔들, 혹은 독에 대해 어느 정도 조예가 있는 사람이 부시혈고라는 이름을 들었다면 아마도 까무러치게 놀랐을 것이다.

부시혈고는 사람이 죽고 부패할 때 발생하는 시독을 영양분으로 하여 자라는 독물이었다. 그런데 독물로서 위력을 발휘하려면 최소한 백여 구의 시신이 만들어낸 시독을 섭취해야 했다.

만독마존은 그런 부시혈고를 채집해 특별히 준비한 시신의 시독을 섭취케 했다. 그 시신은 각종 독에 중독되어 목숨을 잃은 자들로, 그들이 부패하여 내뿜는 시독은 일반적인 시독과는 달리 가히 상상도 할 수 없을 정도로 지독했다.

대부분의 부시혈고는 그 시독을 감당하지 못하고 죽었다.

극히 일부의 부시혈고가 그 시독을 섭취하고도 살아남았는데 바로 그 부시혈고를 일컬어 부시혈독고라 불렀다.

만독마존이 각고의 노력으로 만들어낸 부시혈독고는 이후 천하에 존재하는 모든 독, 독물을 포함하여 최고, 최악이라 칭해졌다.

천마는 바로 그런 지독한 독물에 중독된 것이었다.

제자 놈들의 배신보다는 융을 잃었다는 것에 대한 분노가 백배, 천배는 더 컸던 본좌는 곧바로 놈들에게 달려갔다. 놈들은 이미 천뇌가 펼쳐 놓은 기문진에 상당히 피해를 입은 상태였다. 본좌는 천뇌의 만류에도 불구하고 기문진에 뛰어들었다. 본좌가 기문진의 영향을 받을 것이라 걱정을 한 것이겠지만 기문진 따위에 막힐 본좌가 아니다. 본좌는 기문진 안에서 제자 네놈과 분수도 모르고 끼어든 병신 세 놈을 부숴 버렸다.

"병신 세 놈이라면 우내오존을 말하는 거겠고."

풍월이 열심히 머리를 굴렸다.

"기문진을 통과할 때 검존의 무공만 발견되었고, 개천회의 늙은이가 파천신부의 무공을 사용했으니 권왕의 무공 또한 개천회에 있을 가능성이 높겠네. 그런데 제자 넷이라면…….. 살황마존은 이곳에서 발견되었고 수라마존과 만독마존은 동 공과 비밀 통로에서 발견되었으니까 그들과 천뇌마존을 제외 한 나머지 마존들이겠군. 흠, 살황마존과 수라마존, 만독마존, 적룡마존의 무공을 제외하고 나머지 마존의 무공들은 개천회 에서 얻었다고 보면 되는 건가. 무섭네."

풍월의 표정이 어두워졌다.

개천회가 팔대마존 중 최소한 네 명, 우내오존 중 두 명의 무공을 확보했을 것이라 생각하자 한숨만 흘러나왔다. 이미 육도마존과 파천신부의 무공을 얻은 적이 얼마나 막강한 실 력을 발휘하는지 똑똑히 목격을 했다.

게다가 정무련과 패천마궁의 정예들 상당수가 적의 함정에 빠져 목숨을 잃었다. 천문동 외부에서 대기하고 있는 인원들 역시 같은 꼴을 당했을 것이 뻔했다.

지금껏 암중으로 힘을 키웠던 개천회가 팔대마존과 우내오 존의 무공을 앞세워 본격적으로 모습을 드러냈을 때 어찌 감 당을 할지 걱정이 됐다.

"개천회 놈들이 미쳐 날뛰겠네."

풍월이 한숨을 내쉬며 무거운 표정으로 다시 서찰을 읽기 시작했다.

제50장

천마(天魔)의 안배

　대장로 위지허가 지친 표정으로 걸어오는 사마조를 반기며
물었다.

　"예."

　"없었지?"

　"예."

　사마조가 머쓱한 얼굴로 고개를 끄덕였다.

　"쯧쯧, 그렇게 괜한 고생만 하는 것이라니까."

　위지허는 천마동부에서 외부로 통하는 비밀 통로가 있을
지도 모른다는 의심을 하며 하루 반나절 동안 주변을 수색한 사마조의 고집을 에둘러 나무랐다.

"입구를 복구하는 일은 해보았느냐?"

"동굴 천장이 완벽하게 무너진 터라 불가능합니다."

"결국 놈들이 무사히 빠져나올 가능성은 전무하단 말이구나."

"하지만……."

수색에 실패했음에도 사마조는 아직도 비밀 통로의 존재를 의심하고 있는 것 같았다.

"쯧쯧, 주변에 다른 통로가 없다는 것을 몇 번이나 확인을 했으면서도……."

위지허는 사마조의 고집에 혀를 찼다.

"전에도 말씀드렸지만 놈들이 천마동부로 뛰어들 당시 어떤 확신이 있는 것 같았습니다. 무엇보다 풍월의 존재가 마음에 걸리고요."

"좋다. 네 말대로 다른 통로가 있다고 치자. 그런데 몇 놈 살아간다고 무슨 의미가 있느냐? 애당초 탈출한 자들이 없다면 모를까 이미 예상치 못한 인원이 이곳을 빠져나간 이상 우리의 존재는 세상에 알려질 수밖에 없다."

"아, 완전히 실패한 것입니까?"

추격대가 분지를 빠져나온 적들을 추격하고 있음을 상기한 사마조가 볼을 타고 흐르는 땀을 닦으며 물었다.

"절반 이상을 잡기는 했지만 중요한 놈들은 모조리 놓쳤으니 사실상 실패라고 봐야지. 제갈세가와 남궁세가의 가주, 개방의 방주, 패천마궁의 군사만큼은 놓치지 말았어야 했는데. 특히 수라마존의 유물을 가진 놈은 무슨 일이 있어도 잡았어야 했다."

"수라검문의 문주도 놓쳤군요."

"아니, 문주 놈은 잡았는데 유물을 가진 놈은 그 제자라더구나. 한데 그놈을 놓쳤어."

사마조는 진심으로 아쉬워하는 위지허의 모습을 보곤 너털웃음을 흘렸다.

"팔대마존과 우내오존 무공 중 이미 뇌정마존과 육도마존, 파천신부의 무공을 얻은 상태에서 얼마전 적룡마존과 검존의 무공까지 얻었습니다. 수라마존을 비롯해 나머지 마존들의 무공을 얻지 못한 것이 아쉽기는 하지만 이만하면 충분하지 않습니까?"

"얻을 수 있는 것을 놓쳤으니 그런 것이다."

위지허는 수라마존의 유물이 마치 자신의 것이라도 되는 양 여전히 미련을 버리지 못했다.

"수라검문의 문주를 잡았다고 하지 않았습니까? 그렇게 아쉬우시면 한번 협상을 해보시는 것도 나쁘지는 않을 것 같습니다만."

"뒈졌어."

"예?"

"포로로 잡히는 순간에 스스로 목숨을 끊었다고 하더군. 흠, 어쩌면 지금과 같은 상황을 예상한 것일 수도 있겠네."

사마조는 위지허의 생각과는 달리 포로가 되는 상황을 견디지 못한 것이라 생각하며 시선을 돌렸다.

천문동에서 대기하고 있던 군웅들은 물론이고 천문동 안쪽으로 진입했던 군웅들마저 완벽하게 제압한 개천회는 현재 천마동으로 통하는 계단 아래 공터에 진을 치고 있었다.

격렬한 싸움 속에서 부상을 당한 이들은 부상을 치료하는 데 전념했고, 다른 사람들은 그들이 주살한 적들의 시신을 한데 모아 매장하고 있었다. 그런데 워낙 많은 이들이 목숨을 잃은 터라 그들을 매장하는 것도 큰일이었다.

"거의 끝나가는군요."

사마조가 커다란 구덩이를 가득 메운 시신들을 무표정하게 바라보며 말했다.

"아이들이 고생을 좀 했다. 날이 덥고 습해서 그런지 벌써부터 부패가 진행되는 것들도 있고."

그때, 곳곳을 붕대로 감은 육잠이 그들 곁으로 다가왔다.

"한데 꼭 이렇게까지 해야 하는 건가? 그냥 두고 가면 알아서 썩고 사라질 텐데."

"몸은 괜찮으십니까?"

사마조가 육잠의 부상을 살피며 걱정스러운 표정으로 물었다.

"괜찮아. 생채기가 조금 생긴 것뿐일세."

"다행입니다."

"다행은 무슨. 암튼 왜 이렇게 번거롭게 일을 하는 건가?"

"이곳이 어딘지 잊으셨습니까?"

"알지. 알지만……."

"자신들의 성지가 이렇게까지 더럽혀진 것을 알면 인근 토가족들이 가만히 있지 않을 겁니다."

"흥! 그래봤자 제 놈들이 할 수 있는 것이 무엇이 있겠는가?"

육잠이 코웃음을 치자 사마조가 고개를 저었다.

"지금 당장이야 별 의미 없지만 관부를 통해 우리를 귀찮게 만들 수는 있습니다. 게다가 자칫 전염병이라도 돈다면 일은 더 커지겠지요."

"어차피 우리가 누군지도… 아!"

육잠은 이미 이곳을 탈출한 자들이 있고, 포로로 잡은 군웅들의 수도 상당하다는 것을 깨닫고는 입을 다물었다. 확실히 관부가 나서면 직접적으로 큰일은 없다손 치더라도 귀찮은 일이 많아질 수밖에 없었다.

"포로들은 어찌할 셈이냐?"

위지허가 물었다.

"일단 침옥(沈獄)에 가둘 생각입니다."

"침옥에? 포로의 수가 이백이 넘는다. 침옥에서 수용할 수 있는 인원치곤 너무 많지 않겠느냐?"

순간, 사마조의 눈빛이 섬뜩하게 빛났다.

"모두를 데리고 갈 생각은 없습니다. 적당히 써먹을 수 있는 자들만 데리고 가도 충분합니다."

포로 중 절반의 목숨이 그렇게 결정되었다.

*   *   *

잠시 숨죽이고 있던 부시혈독고가 다시 움직인 건 본좌가 권왕이란 놈의 양다리를 부러뜨리고 가슴팍을 짓밟아 버릴 때였다. 부시혈독고로 인해 본좌 역시 폭주를 할 수밖에 없었고 본좌의 발에 밟힌 권왕은 온몸이 갈가리 찢겨져 뭉개져 버렸다. 미안한 마음은 눈곱만큼도 들지 않는다. 애당초 본좌를 노리고 찾아온 것이 멍청한 짓이었지.

부시혈독고는 확실히 지독한 놈이었다. 본좌의 힘이 강성할 땐 납작 엎드려 있더니만 제자 놈들과의 싸움을 통해 몸에 상처도 입고 내력도 어느 정도 소모되자 본격적으로 활동을 했다. 순간적으로 머리가 어지럽고 정신이 혼미해졌다. 그 메스꺼움은 지금 껏 경험해 보지 못한 것이다.

어쩔 수 없이 물러설 수밖에 없었다. 배덕한 놈들을 눈앞에 두 고 물러서야 하는 본좌의 마음을 누가 알겠느냐? 제법 세월이 지 난 지금 생각해도 참으로 더러운 기분이로구나. 수치심에 목숨을 끊어버리고 싶을 정도로.

"와! 진짜 이 오만한 자존심 하나는 정말……"

풍월은 사정상 잠시 물러나는 것 자체도 용납하지 못하는 천마의 성정에 쓴웃음을 짓고 말았다.

쓸데없는 자존심에 목숨을 거는 한심한 모습이란 생각도 들었지만 무인으로서 자기 자신에 대한 자부심, 아니, 실력에 대한 확신이 얼마만큼 강하면 그 정도까지 할 수 있을까 하 는 생각도 들었다.

본좌가 잠시 물러나 천마동부로 향하자 두려움에 오줌까지 질질 싸던 년과 수라마환이라는 뛰어난 기병을 지녔음에도 제 대로 활용하지 못하는 한심한 놈이 좋아서 날뛰었다. 연놈들이 기를 쓰고 쫓아왔지만 천뇌가 설치한 기관매복으로 어느 정도 시간을 벌 수가 있었다.

본좌는 부시혈독고의 움직임을 제어하기 위해 나름 애를 썼다. 그리고 어느 정도 성공을 했을 때 연놈들과 그들이 부리는 수하들이 기관매복을 뚫고 공동으로 들어섰다. 평소에 삼 할도 되지 않는 내력뿐이었으나 상관없었다. 그것만으로도 충분했다. 땅에 떨어진 팔과 그 팔에 들린 수라마환을 들고 겁에 질려 하던 놈의 얼굴이 지금도 눈에 선하구나. 본좌의 일격에 피를 토한 채 조그만 동굴을 향해 필사적으로 기어가던 년의 모습도.

천뇌와 본좌를 제외하곤 아무도 서 있지 못했다. 마지막까지 추태를 보이는 년의 숨통만 끊어버리면 모든 응징이 끝난다고 생각했다. 하나, 그건 본좌의 큰 착각이었다.

천뇌를 향해 한줄기 빛이 날아들었다. 본좌도 뒤늦게 알아차렸을 정도로 은밀하고 또 날카로운 공격이었다. 본좌는 즉시 천뇌를 구하기 위해 움직였다. 천뇌를 구했을 때 아래쪽에서 섬뜩한 느낌이 들었다. 그제야 눈치를 챘다. 본좌가 그 녀석의 존재를 간과하고 있었다는 것을.

"살황마존……."

풍월은 서찰을 들고 있는 손에 어느새 땀이 가득한 것을 느끼곤 얼른 땀을 닦았다.

바닥에 은신하고 있던 놈의 검이 본좌의 발바닥을 관통했다.

조금만 반응이 늦었다면 발바닥이 아니라 본좌의 몸이 반으로 갈라졌을 터였다. 살황의 존재를 잊고 있었던 것은 분명 실수였다. 본좌와 가장 오랜 시간을 함께 보낸 녀석의 실력은 다른 놈들에 비해 압도적이라 할 정도로 강했다. 놈을 배제하곤 애당초 반역이란 건 있을 수 없는 것이었다.

예상치 못한 부상은 꽤나 치명적이었다. 놈의 검에는 만독불침이라 자부하는 본좌도 경시할 수 없는 독이 발라져 있었다. 아마도 그년에게서 얻은 것이겠지. 물론 제아무리 위험한 독이라도 평소의 본좌에겐 무용지물이다. 다만 상황이 좋지 않았다. 내력도 많이 부족한 데다가 그 내력마저도 상당부분을 부시혈독고를 제어하는 데 사용하고 있었기에 새롭게 파고든 독에 대처할 여유가 많지 않았다. 독의 존재를 눈치챈 부시혈독고가 다시 날뛰기 시작했다. 그런 상황에서 살황을 상대하는 건 본좌라도 분명 무리였다.

풍월은 융의 죽음을 언급할 때에 이어 글씨체가 또 한 번 급격하게 흔들리는 것을 보며 당시의 상황을 천마가 얼마나 분해했는지를 느낄 수 있었다.

천뇌가 살황을 막기 위해 달려들었다. 천뇌의 무공을 감안했을 때 숨통이 끊기는 것은 시간문제였다. 본좌는 즉시 몸을 날려 천뇌를 안고 호수로 뛰어들었다.

"아!"

풍월의 입에서 탄성이 터져 나왔다. 설마하니 천마가 자신과 같은 길로 도화원에 도착했을 것이란 생각은 하지 못한 것이다. 풍월은 천마가 천마동부를 벗어나 또 다른 길로 도화원에 도착했을 것이란 생각을 하고 있었다.

천신만고 끝에 도화원에 도착할 수 있었다. 처음 도화원에 도착했을 때 입을 쩍 벌리고 놀라던 천뇌의 표정을 아직도 잊지 못한다. 천마동부의 수로가 이런 별천지로 이어져 있을 줄 누가 상상이나 했을까. 본좌 역시 사부와 함께 처음으로 이곳에 방문했을 땐 천뇌와 똑같은 반응을 보였으니까. 물론 당시엔 수로가 아니라 정상적인 길로 온 것이었지만.

천뇌의 부축을 받아 초가로 왔다. 사부와 함께 만들었던 집이 제대로 관리를 하지 않아 다 무너지고 있었지만 신경 쓸 겨를이 없었다. 몸에 침투한 독이 급격히 퍼지고 부시혈독고의 움직임이 심상치 않았다. 당장에라도 운기조식을 하며 독과 부시혈독고의 움직임을 제어해야 했다. 하지만 그럴 수가 없었다. 우선은 살황 놈을 잡아야 했다. 놈은 최대한 은신을 하며 접근했지만 놈이 호수에 뛰어드는 것을 눈치채고 경계를 하고 있던 본좌는 놈의 움직임을 간파하고 있었다.

초가 옆, 규목에 몸을 숨긴 놈은 쉽게 움직이지 않았다. 마음 같아선 먼저 움직여 놈을 요절내고 싶었지만 몸 상태가 따르지 못했다. 게다가 놈의 실력을 감안했을 때 어설픈 공격으론 놓칠 가능성이 다분했다. 절대 그럴 순 없었다.

운기조식을 시작했다. 천뇌가 호법을 서겠다고 했지만 먹을 것을 구해오라는 핑계를 대고 멀리 보냈다. 살황을 끌어들이기 위한 함정이다. 천뇌가 끼어들면 골치 아픈 일이 발생할 가능성이 다분했다. 천뇌가 목숨을 잃는 것은 당연했고.

천뇌가 걱정스러운 얼굴로 자리를 비우고 본좌가 운기조식을 시작했지만 살황은 쉽게 움직이지 않았다. 그런 조심성이야말로 놈이 본좌를 만나기 전 무림 최고의 살수로 이름을 날리게 된 원동력이었을 터였다.

놈이 움직임을 보인 것은 본좌가 운기조식을 시작하고 이각여의 시간이 흘렀을 때였다. 움직이기까지는 오랜 시간이 걸렸지만 막상 움직이려고 마음먹었을 땐 번개와 같았다. 규목의 가지를 밟고 뛰어오른 놈이 눈 깜짝할 사이에 거리를 좁히며 본좌의 머리를 향해 검을 내리꽂았다. 본좌가 눈을 뜬 건 놈의 검이 본좌의 정수리에 내려 꽂히기 일보 직전이었다. 본좌가 양손을 뻗어 놈의 검을 잡았을 때 놈은 비로소 자신이 함정에 빠진 것을 깨달은 눈치였다. 놈은 즉시 검을 버리곤 도주를 했다. 탁월한 선택이었으나 본좌는 허락할 생각이 없었다. 놈이 본좌를 향해 일곱 자루의 비도를 던졌다. 놈이 던진 비도가 본좌의 사지와 단전, 가슴을 노리며 날아들었다. 하지만 놈이 던진 비도는 본좌에게 아무런 영향을 끼치지 못했다. 오히려 본좌의 반탄강기에 의해 고스란히 놈에게 되돌아갔고 그걸로 끝이었다. 놈은 제 놈이 던진 비도에 의해 목숨을 잃었다. 네놈도 보았을 게다. 놈이 어찌 죽었는지.

풍월은 일곱 자루의 비도에 사지와 단전, 가슴을 꿰뚫린 채 규목에 매달려 목숨을 잃은 백골의 모습을 떠올렸다.

살황의 목숨을 거두면서 본좌의 응징은 모두 끝이 났으나 놈을 유인하느라 치료가 너무 늦었다. 몸에 침투한 독과 부시혈독고가 본좌의 목숨을 위협했고 몇 번이나 사경을 헤맸다. 만약 천뇌의 뛰어난 의술이 없었다면 아마도 본좌는 부시혈독고에 의해 처참히 목숨을 잃었을 것이다. 힘들게 독을 몰아내고 부시혈독고까지 제거를 했을 때 문득 궁금해졌다. 본좌는 모든 것을 버리고 은거를 결심했다. 천마성을 제자 놈들에게 고스란히 남겨둔 채로. 놈들에게 많은 것을 베풀었음에도 아무것도 바라는 것이 없었다. 한데 어째서 놈들이 본좌를 배반한 것인지 이해가 되지 않았다. 천뇌가 그 답을 해주었다. 만약 본좌

혼자서 은거를 결심했다면 아무런 일도 없었을 것이며 마도의 위대한 조종으로 영원히 기억됐을 것이라고. 다만 모든 불행은 본좌가 융이란 아이를 제자로 거둘 때부터 시작되었으며 언젠가 본좌의 모든 것을 이은 융이 자신들의 자리를 위협하고 천마성을 차지할 것을 두려워해서 그런 짓을 저질렀다고 말이다. 어이가 없었다. 천마성 따위는 본좌에게 한낱 유희에 불과한 것이었다. 만약 융이 본좌의 모든 것을 이었다면 그 아이 역시 본좌처럼 천마성 따위는 안중에도 두지 않았을 것이다. 결국 있지도 않을 미래를 걱정해 그 같은 짓을 저지른 것이다. 화도 나지 않았다. 어차피 그런 놈들을 제자로 받아들인 본좌가 병신이었던 것이니까.

천뇌는 도화원을 떠나자고 하였으나 본좌는 그럴 생각이 없었다. 애당초 무림을 떠나 은거를 할 생각이었고 본좌의 욕심으로 인해 재능을 피워보지도 못하고 떠난 융에게도 미안한 마음에 그냥 도화원에 머물기로 결정했다. 원래는 천뇌도 함께 도화원에 머물기로 했으나 우내오존과 관련하여 아무래도 마음에 걸리는 것이 있다며 잠시 무림을 다녀오겠다고 했다. 굳이 말리지 않았다. 우내오존을 언급한 것이 마음에 걸리기는 하였으나 제 앞가림은 충분히 할 수 있었기에 그다지 큰 걱정은 하지 않았다. 하지만 이 글을 남기는 지금까지, 십오 년이 흘렀으나 천뇌는 돌아오지 않았다. 이유는 두 가지일 것이다. 제 스스로 돌아오지 않은 것이나 돌아오지 못할 상황이 되었거나. 가능하면 전자였으면 한다.

본좌의 이야기는 여기까지다.

네가 얻은 네 가지 무공은 이곳에 홀로 남은 본좌가 본좌의 무공을 돌아보며 다시금 정리한 것이다. 능히 고금제일을 다툴 터. 앞서 말한 대로 하나만 제대로 익혀도 군림천하를 할 수 있을 것이다. 물론 본좌는 네 녀석이 본좌의 무공으로 무슨 짓을 하건 관심은 없다. 어떤 선택을 하던 그것은 오롯이 네 마음에 의하면 된다. 어쨌건 이것도 인연이라면 인연이니 네 녀석의 무운을 빌어주마. 아, 천뇌가 이곳을 떠나며 설치한 혼천환상겁륜대진은 본좌의 무공을 최소한 오성 이상은 익혀야 힘으로 무너뜨릴 수 있을 것이다. 하니 이곳을 떠나고 싶다면 열심히 수련해야 할 것이다. 네 녀석을 위해 나름 이것저것 준비도 해두었다. 이는 본좌의 무공을 제대로 익히지도 못한 채 이곳을 나섰다가 본좌의 이름에 먹칠을 할까 걱정한 안배니 그리 억울해 하지는 마라.

기나긴 서찰의 내용이 끝났다.

서찰에 적힌 내용이 끝났음에도 풍월은 아무런 말도 하지 못했다. 오직 마지막 구결에 시선을 고정시킨 채 온몸을 부들부들 떨고 있었다.

참고로 본좌의 수준은 구성이었다.

서찰의 말미에 적힌 문구의 내용은 그를 절망에 빠뜨리기에 충분했다.

*   *   *

고금제일인 천마는 세월을 뛰어넘어 풍월과 만났고 결국 한 줌의 재로 돌아갔다.

풍월은 조심스레 수습한 재를 천마가 남긴 검과 함께 양지바른 곳에 묻었다.

크게 봉분을 만들지도 않았고 비석도 따로 세우지 않았다.

천마는 물론이고 살황도 절대 원할 리는 없겠으나 규목에 묶여 있는 살황의 백골도 수습하여 천마의 봉분 아래쪽에 묻어줬다.

"이렇게 갇히는 건 정말 예상 못 한 건데……. 흐, 아무튼 감사합니다."

봉분을 향해 인사를 올린 풍월이 다시 초가로 돌아왔다.

천마는 서찰 말미에 자신을 위해 분명 몇 가지 안배를 해두었다고 했다. 그것이 무엇인지 확인을 해야 했다.

초가 주변에 펼쳐져 있던 무간무망진이 깨지면서 천마가 한 줌 재로 돌아갔듯, 초가 역시 처참하다 싶을 정도로 무너진 상태였다.

반쯤 기울어진 기둥과 항아리, 아무렇게나 굴러다니는 사기 그릇 몇 개를 제외하곤 멀쩡한 것이 아무것도 없었다.

가장 먼저 눈에 띈 항아리로 향했다.

하나는 지붕이 무너져 내릴 때 깨졌지만 나머지 하나는 멀쩡했다.

깨진 항아리 안에는 돌멩이가 몇 덩이가 들어 있었다. 가만히 살펴보니 평범한 돌은 아니고 소금이 굳어 만들어진 암염(嚴鹽)이었다.

이렇게 외부와 단절된 곳에서 소금은 절대적인 가치를 지닌다. 조심히 소금을 옮긴 후, 조금은 떨리는 손길로 항아리의 뚜껑을 열었다.

먼지가 확 피어올랐다. 몇 번의 손짓으로 먼지를 날린 풍월이 항아리 내부를 살피다 한숨을 내쉬었다.

"아마도 벽곡단이라는 것이겠지?"

항아리엔 콩알만 한 벽곡단이 잔뜩 들어 있었다. 하지만 멀쩡한 것이 하나도 없었다. 손길이 닿자마자 순식간에 가루로 변해 버렸다.

"설마 이게 안배의 전부?"

불안감이 솟구쳤다.

풍월은 암염과 먼지가 돼버린 벽곡단을 보며 애써 고개를 젓곤 발걸음을 돌렸다.

초가를 빠져나온 풍월이 주변을 살피기 시작했다.

도화원의 규모는 생각보다 컸다.

초가를 중심으로 맞은편의 절벽과 절벽을 연결했을 때 그 거리가 거의 백여 장에 이를 정도였다.

도화원엔 참나무 몇 그루와 도화원이란 이름답게 복숭아 나무가 꽤 자라 있었는데 대부분은 이름 모를 잡목과 수풀이 차지하고 있었다.

풍월은 참나무를 살피다 이제 막 고개를 내밀고 있는 도토 리를 보며 안도했다.

천마의 장담대로라면 쉽게 도화원을 빠져나갈 수 있을 것 같지는 않았다. 그럴 경우 가장 큰 문제는 식량을 구하는 것. 천마가 나름의 안배로 남긴 벽곡단이 썩어 없어진 상황에서 도토리는 최악의 경우 목숨을 연명할 수 있는 마지막 수단이 될 수 있을 터였다.

누가 관리를 해주지 않았음에도 복숭아나무는 주변의 온 갖 수풀과의 경쟁을 이겨내고 탐스러운 과실을 맺었다. 대견 한 생각에 나뭇가지를 툭툭 친 후 손을 뻗었다.

"이게 천도(天桃)라면 얼마나 좋을까. 젠장, 그럴 리가 없잖

아. 아무튼 복숭아로 한 철은 버틸 수 있을 것 같고."

풍월이 주렁주렁 열린 복숭아를 따 먹으며 말했다.

도화원 북쪽 지역에서 수풀에 가려져 있는 연못을 찾았다.

직경이 칠팔 장은 족히 되어 보이니 결코 작은 연못은 아니었다.

"다행히 연못의 상태도 좋고."

풍월이 연못의 물을 휘휘 저으며 말했다.

연못 한편에 물이 넘쳐 조금씩 흘러가고 있는 것을 보면 아마도 밑에서 지하수가 솟아오르고 있는 것 같았다. 단순히 고인 물이라면 이렇듯 맑은 수질을 유지하지 못했을 것이다. 식수로 사용해도 전혀 문제가 없어 보였다.

"이건 제대로 된 안배가 맞네."

풍월은 돌들이 층층이 쌓여 있는 연못의 벽을 보곤 자연적으로 생긴 것이 아님을, 천마가 직접 만든 것임을 직감했다. 더욱 그를 기쁘게 한 것은 연못에 꽤나 많은 물고기가 살고 있다는 것이다.

"설… 마?"

풍월의 눈에 기대감이 어렸다.

그의 뇌리에 천년화리(千年火鯉)니, 광목어(光目魚)니 하는 영물의 이름이 떠올랐다.

"그래, 위대하신 천마 조사께서 안배를 하셨는데 그 정도는 있어야지."

기대감이 실망으로 바뀌는 것은 금방이었다.

눈을 부릅뜨고 아무리 연못을 살펴봐도 보이는 것은 그저 배가 빵빵한 붕어뿐이었다. 간간이 잉어도 보이긴 했으나 어디에서나 볼 수 있는 흔하디흔한 잉어일 뿐이었다.

"천년화리는 얼어 죽을!"

신경질적으로 소리쳤지만 그래도 표정은 나쁘지 않았다.

연못에 서식하는 붕어의 수가 상당했고 이끼 낀 벽을 쓸어 보니 미꾸라지도 손가락 사이를 빠져나갔다. 이만하면 식량으로서 충분한 가치가 있었다.

"나 원, 허구한 날 물고기만 잡아야겠네."

실소를 내뱉은 풍월이 다시금 주변을 돌았다.

한 시진 가까이 꼼꼼하게 도화원을 살피고 초가로 돌아온 풍월의 표정은 처음 초가를 떠날 때와는 달리 조금은 밝아져 있었다.

비상식량으로 쓰일 수 있는 도토리, 식수와 식량 문제를 동시에 해결할 수 있는 연못을 발견했기 때문이기도 하지만, 초가로 돌아오기 직전 수풀 속에서 놀라 도망치던 수꿩 한 마리를 잡았기 때문이다.

얼마 떨어지지 않은 곳에 꿩의 둥지가 있고 암꿩이 알을 품고 있는 것을 눈치챘으나 굳이 잡을 생각은 없었다. 무사히 부화하여 어서 성장하기를 가만히 빌어주었다.

깨진 항아리를 냄비 삼아 물을 끓인 뒤, 꿩의 털을 뽑고 불에 구워 허기를 해결한 풍월은 우선적으로 초가를 수리하기 시작했다.

얼마 동안 도화원에서 지낼지 모르는 상황에서 잠자리 또한 먹는 것만큼이나 중요했다. 그렇다고 딱히 재주가 있는 것은 아니었다. 그저 비나 이슬을 피하면 그만이란 생각을 했다.

무너진 담벼락을 치우고 방에 가득한 흙들을 치우자 어느새 날이 어두워졌다.

규목 아래서 이슬을 피하고 다음 날 아침 곧바로 작업을 시작했다.

지금까지도 잘 버텨주고 있는 기둥을 바로 세우고 지붕의 틀이 될 수 있는 나무 기둥을 교차하여 촘촘히 올린 뒤 잔가지를 사이사이에 엮었다.

지붕은 연못 주변에 자라고 있던 갈대 비슷한 풀을 잘라 덮었다. 잎이 크고 길어 비가 와도 밑으로 뚫고 내려올 것 같지는 않았다.

날이 따듯해 당장 벽을 세울 필요는 없었다. 대신 마른 수풀을 쌓아 바닥에 깔았다.

"어째 마구간 같은데."

한나절 동안이나 바쁘게 움직이며 최종적으로 완성한 초가를 보며 키득거린 풍월이 지친 몸을 뉘었다.

미리 따온 복숭아를 베어 물었다. 과즙이 목을 타고 내려가는 느낌은 가히 천하제일이었다.

복숭아 세 개로 허기진 배를 채운 풍월이 만년한철로 만들어진 철궤를 앞으로 당겼다. 아직 몸의 부상이 회복되지 않아 천마가 남긴 무공을 수련할 생각은 없었지만 본격적인 수련에 앞서 어떤 내용인지 살펴볼 요량이었다.

가장 먼저 그의 손에 들린 것은 천마대공이었다.

가벼운 마음으로 읽어보자고 한 것이나 결코 그럴 수가 없었다.

해가 지고 달이 떠오를 때까지 풍월은 미동도 하지 않은 채 천마대공의 오묘한 내용 속으로 빨려들어 갔다.

본인의 의도와는 상관없이 이미 수련은 시작된 것이다.

*   *   *

풍월이 우걱우걱 복숭아를 씹으며 도화원 서쪽 절벽을 노려보고 있었다.

몇 걸음만 옮기면 벽을 만질 수도 있을 터지만 그럴 수가 없었다.

눈에 보이지 않는 막이 공간을 완벽하게 차단하고 있었다. 그 막을 뚫어보기 위해 수도 없이 도전을 했으나 남은 것은 처절한 실패와 좌절감뿐이었다. 그렇다고 도전을 포기할 수는 없었다. 그 막을 뚫는 것이 도화원을 빠져나갈 수 있는 유일한 길이었다.

풍월이 도화원에 들어온 지 어느새 삼 년이란 세월이 흘렀다. 아무렇게나 풀어놓은 머리카락은 허리까지 이르렀고 대충 자른 수염이 밤송이처럼 자라났다.

도화원에 처음 도착할 때부터 상태가 좋지 않았던 옷은 그간의 고행을 말해주듯 완전한 넝마가 되어 있었다. 낡고 찢어진 것은 물론이거니와 제대로 빨지도 않아서 때가 꼬질꼬질했다.

하지만 그따위 것은 아무런 의미도 없었다.

풍월에겐 오직 눈앞의 막을 뚫을 수 있느냐 없느냐만이 중요한 것이었고 절대적인 목표였다.

심호흡을 하며 천마대공을 운기하기 시작했다.

운기를 시작하자마자 단전에 모여 있던 묵직한 힘이 거세게 움직였다.

전신으로 퍼지는 힘을 느끼며 풍월의 얼굴엔 만족감이 깃들었다.

'천마대공이 드디어 육성에 이르렀다.'

처음 천마대공을 익힐 때 다른 무공에 비해 유난히 진전이 느려 얼마나 애를 태웠던가. 하지만 피나는 노력 끝에 마침내 오성을 넘어 육성에 이르렀다.

천마가 남긴 모든 무공의 기본이 되는 천마대공의 성취 속도가 빨라지자 다른 무공 역시 그에 발맞춰 더욱 빠르게 성장했다.

천마군림보 역시 육성에 이르렀고 풍월이 가장 매력적으로 느끼는 천마탄강은 무려 칠성을 돌파했다.

문제는 천마무적도였다.

처음엔 가장 빠른 속도로 실력이 늘었으나 그 성취가 사성에 멈춘 이후, 좀처럼 벽을 넘지 못하고 있었다.

도화원을 에워싸고 있는 막, 혼천환상겁륜대진을 깨기 위해선 다른 무엇도 아닌 천마무적도가 필요했다. 천마군림보가 육성을 돌파했음에도 깰 수 없었고 칠성에 이른 천마탄강으로도 혼천환상겁륜대진은 건재했다.

천마탄강으로도 혼천환상겁륜대진을 깨지 못했을 때 풍월은 직감했다. 오직 천마무적도만이 혼천환상겁륜대진을 깰 수 있음을.

"아마도 실패하겠지."

묵뢰를 치며 들며 조용히 읊조렸다.

실패를 직감하기는 해도 약간의 기대는 품고 있었다. 천마대공이 육성을 넘었으니 그 또한 변수가 될 수도 있다고 여긴 것이다.

풍월은 전신을 휘감고 있는 천마대공의 공능을 손에 쥔 묵뢰로 집중했다.

구초 팔십일식으로 이뤄진 천마무적도가 묵뢰를 통해 세상에 모습을 보였다.

애당초 후 강(罡), 뢰(雷), 멸(滅)의 후삼초는 익힐 엄두도 내지 못했기에 그나마 가장 파괴력이 뛰어난 육초, 천마환(天魔環)을 펼쳤다.

묵뢰에서 발출된 강기가 환상적으로 피어오르더니 꼬리에 꼬리를 물고 혼천환상겁륜대진이 만들어낸 무형의 막에 도전을 했다.

꽝! 꽝! 꽝!

연이어 터지는 폭음과 거센 진동이 도화원을 뒤흔들었다.

하지만 아무런 변화도 없었다.

풍월은 전혀 실망하지 않았다.

그 정도 충격으론 어림도 없다는 것을 몇 번의 경험을 통해 알고 있었다. 지금의 공격은 본격적인 도전을 위한 연습에 불과한 것이었다.

풍월의 눈빛이 확 달라졌다.

전신에서 뿜어지는 기세도 폭발적으로 늘었다.

천마대공의 힘을 전력으로 끌어올린 풍월이 그 힘을 오직 하나의 점에 압축시켰다.

묵뢰의 칼끝에서 원형의 고리가 피어올랐다.

크기는 고작 손바닥만 하지만 느껴지는 분위기와 힘은 이전과 확실히 달랐다.

'제발!'

지금 만들어낸 강환이 풍월이 할 수 있는 최선이었다.

간절한 표정으로 벽을 노려본 풍월이 힘차게 묵뢰를 움직였다.

묵뢰를 떠난 강환이 공간 이동을 하듯 사라지는가 싶더니 곧바로 폭음이 터져 나왔다. 또 한 번의 거센 진동이 도화원을 뒤흔들었다.

그것이 전부였다. 전과 다르다면 폭음과 진동이 조금 더 크고 오래 지속되었다는 것 정도였다.

"씨발!"

풍월의 입에서 욕설이 터져 나왔다.

실패를 예감했고 언제든지 받아들일 수 있다고 생각했으나 막상 실패를 하자 참을 수 없는 화가 치밀어 올랐다.

자신을 이곳에 가둔 천마에 대한 분노보다는 고금제일인이 남겨준 무공을 가지고도 고작 투명한 막 하나 뚫어내지 못하는 자신의 무능력에 대한 분노였다.

"으아아아아!"

가슴을 뚫고 올라오는 화를 참지 못한 풍월이 미친 듯이 묵뢰를 움직였다.

천마무적도는 아니다. 어릴 적부터 익혀온 풍뢰도법이다.

이성이 아닌 본능은 그가 가장 익숙하고 모든 힘을 발산할 수 있는 풍뢰도법을 펼치게 만들었다.

천마대공의 내력을 등에 업은 풍뢰도법은 묵천심공을 바탕으로 했을 때와는 또 달랐다.

지금까지 억눌린 마음을 모조리 발산하려는 듯 풍뢰도법의 전육초와 후삼초가 순식간에 펼쳐졌다. 그리고 마지막, 철산마도가 뒤늦게 깨우쳐 철산도문에 전한 풍뢰천화와 풍뢰극까지 작렬했다.

풍뢰도법의 후삼초, 아니, 오초는 실로 엄청난 내력을 필요로 한다. 천마대공이 일으킨 내력 또한 순식간에 바닥을 드러냈다.

모든 힘을 발출한 풍월이 묵뢰를 늘어뜨리고 허무한 표정으로 무릎을 꿇으려는 찰나였다.

하늘과 땅이 뒤집히는 듯한 폭음과 진동이 도화원을 가득 채웠다.

폭음은 사라졌지만 진동은 그 후로도 한참이나 이어지다 사라졌다.

풍월이 주변을 살폈다.

변한 것은 아무것도 없었다. 그런데 이전과는 확연히 다른 뭔가가 느껴졌다.

풍월이 벽을 향해 걸음을 놀렸다.

한 걸음, 한 걸음.

벽이 가까워올수록 긴장감은 극에 달했다.

어느덧 무형의 막이 펼쳐져 있는 곳까지 이르렀다.

풍월이 자신도 모르게 눈을 감았다. 그러고는 힘차게 걸음을 내디뎠다.

발걸음은 막히지 않았다.

은연중 당연히 막힐 것이라 생각하여 과도하게 힘을 준 탓인지 풍월의 몸이 휘청거렸다.

"아!"

눈을 뜬 풍월의 입에서 탄성이 터져 나왔다.

코앞에 절벽이 보였다.

손을 뻗어 절벽을 만졌다.

차갑고 까칠한 느낌이 그대로 전해졌다.

마침내 도화원을 에워싸고 있던 혼천환상겁륜대진이 깨진 것이다.

그것도 천마의 무공이 아니라 극성에 이른 풍뢰도법의 힘에 의해서.

"씨발!"

풍월의 입에서 다시 욕설이 터져 나왔다. 조금 전과는 그 어감이 전혀 달랐다.

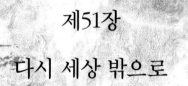

제51장

다시 세상 밖으로

　혼천환상겁륜대진이 깨지자 풍월은 도화원으로 통하는 또 하나의 길을 찾기 위해 절벽 곳곳을 샅샅이 살폈다.

　연못에서 조금 더 북쪽으로 이동하면 만날 수 있는, 담쟁이 덩굴이 인상적으로 자라고 있는 절벽의 틈 사이로 소로 하나를 발견할 수 있었다.

　사람 하나가 겨우 지나갈 수 있을 정도로 좁은 터라 과연 길이 끝까지 이어진 것인지 의심까지 들었으나 어쨌거나 그것이 도화원에서 세상 밖으로 나갈 수 있는 길임은 분명했다.

출구를 확인한 풍월은 초가로 돌아와 떠날 준비를 했다.

삼 년이란 짧지 않은 시간, 나름 정도 들었지만 그 이상으로 벗어나고 싶은 곳이기도 했다.

막상 준비를 하려니 딱히 챙길 것도 없었다.

천마가 남긴 무공 비급은 만년한철로 만들어진 철궤에 넣어 완벽하게 밀봉한 후, 천마의 봉분 옆에 묻었다. 어차피 무공 비급에 적힌 내용은 머리로 완전히 기억하고 있는 터라 굳이 들고 다닐 이유가 없었고, 비록 자신이 얻기는 했지만 무공 비급만큼은 왠지 천마의 곁에 있어야 한다는 생각 때문이었다.

결국 풍월이 초가를 떠나오며 챙긴 것은 살황이 남긴 무공 비급과, 꿩 고기로 만든 육포 몇 조각, 천하제일이라 자부하는 도화원의 복숭아 몇 개가 전부였다.

절벽 틈으로 이어진 길은 좁고도 길었으며 몹시 구불구불했다.

툭툭 튀어나온 날카로운 바위로 인해 몸 곳곳에 생채기가 생겼다. 그렇잖아도 넝마나 다름없는 옷은 이제 걸치는 것이 용할 정도로 찢어졌다.

도화원을 떠나 대략 이각여, 갑자기 길이 막혔다. 출입구로 예상되는 곳을 커다란 바위가 막고 있었다. 문득 천뇌가 금편계곡으로 이어지는 소로를 막았다는 천마의 글을 떠올랐다.

슬쩍 밀어보았지만 꼼짝도 하지 않았다.

풍월이 내력을 일으켜 바위를 밀치자 육중한 소리를 내며
바위가 밀려났다.

세상이 밝아졌다. 어찌나 눈이 부시는지 순간적으로 눈을
뜨지 못할 정도였다.

출구를 막았던 커다란 바위를 제자리로 돌리고 물소리를
따라 걸음을 놀리자 마치 신선들이 노닐었을 것이라 여겨질
만큼 환상적인 절경을 자랑하는 계곡이 눈앞에 모습을 드러
냈다.

바위 사이사이를 굽이치며 흐르는 물은 감로수를 닮았고
물길 좌우로 자라난 수목들은 기기묘묘한 모습으로 시선을
유혹했다.

계곡을 따라 온갖 암석 봉이 병풍처럼 늘어선 모습은 마치
한 폭의 그림 같았다.

풍월은 연신 감탄사를 내뱉으며 물길을 따라 걸었다.

한참을 걸어도 좀처럼 계곡을 벗어날 수가 없었다. 길을 물
어보려 해도 그를 만난 토가족의 주민들은 귀신을 본 듯한 표
정으로 도망치기 바빴다. 그래도 어느 마음 착한 주민에게 간
신히 해진 옷을 하나 얻어 입고 천문동으로 향하는 길을 알
수 있었다.

금편계곡에서 천문동까지는 제법 거리가 되었다.

도화원을 벗어나 반대쪽으로 이동한 거리가 꽤 되었다는 것을 감안하더라도 지하 수로로 이동한 거리 역시 상당했다는 것을 알 수 있었다.

천문동을 향해 빠르게 이동한 풍월은 예전과는 확 바뀐 풍경에 깜짝 놀랐다.

천문동의 압도적인 위용은 여전했고 천문동으로 향하는 계단 역시 그대로였지만 계단 아래, 거대한 무덤이 하나 생겨났다. 무덤 주변으로 온갖 비석과 깃발들이 나부꼈다.

풍월은 그 무덤이 천마동부로 향했던 군웅들을 위한 것임을 직감했다.

'왜 분지가 아니라 이곳에 만든… 아!'

풍월은 천문동 주위에도 많은 군웅들이 대기하고 있음을 떠올렸다. 개천회가 천문동으로 진입하기 위해선 필연적으로 그들과 마주쳤을 것이고 개천회의 전력을 감안했을 때 군웅들이 그들을 감당하기란 사실상 불가능했을 것이다.

거대한 무덤의 크기와 헤아릴 수 없이 많은 비석, 깃발들을 보며 피해 규모를 미루어 짐작할 수 있었다.

한숨을 내쉰 풍월이 무거운 마음으로 걸음을 옮겼다.

무덤은 멀리서 봤을 때보다 훨씬 더 거대했다.

풍월이 무덤에 접근하자 주변을 지키고 있던 자들이 경계의 눈빛으로 그에게 다가왔다.

"누구시오?"

색이 바랜 무복을 걸치고 수염을 덥수룩하게 기른 사내가 언제라도 검을 뽑을 자세로 물었다. 그와 짝을 이루는 동료 둘이 풍월의 좌우를 차단하며 만일의 상황에 대비했다.

어찌 대응을 해야 할까 잠시 고민하던 풍월이 두려운 표정을 지으며 몸을 낮췄다.

"저, 저는 서… 문월이라고 합니다. 친구들과 함께 유람을 왔다가 도적놈들에게 그만……."

그걸로 충분했다. 지금 풍월의 꼴이 모든 것을 설명하고 있었다.

천문산에서 얼마 떨어지지 않은 곳엔 장가계라 불리는 지역이 있다.

장가계 내에서도 유난히 길이 험하고 외진 곳인데 장가계와 천문산의 풍광을 보러 오는 이들을 전문적으로 노리는 도적들이 들끓기로 유명했다. 특히 오룡채는 장가계를 넘어 인근 지역까지 구역을 넓히고 있을 정도로 세가 막강한 곳이었다.

"쯧쯧, 꼴을 보니 고생을 많이 한 모양이군."

덥석부리 사내가 풍월의 해진 옷, 대충 묶었다지만 여전히 지저분한 머리카락, 아무렇게나 자란 수염과 절벽의 좁은 통로를 지나면서 생긴 생채기를 보며 혀를 찼다.

"놈들에게 대체 얼마나 잡혀 있었던 건가?"

덥석부리 사내의 동료가 경계심을 늦추며 물었다.

"모르겠습니다. 한 삼, 사 년은 된 것 같은데……."

풍월이 힘없이 고개를 젓자 질문을 던진 자의 동료가 안쓰러운 얼굴로 말했다.

"다른 친구들은 어찌 되었나?"

"저만……."

풍월이 슬픈 표정으로 고개를 저었다.

"아, 그랬군. 그래도 이만하길 다행이군. 한번 놈들에게 잡혀가면 살아서 돌아온 자가 없다는데."

"맞아. 제 놈들 본거지가 드러날까 두려워서 그런다지 아마."

"대체 관부에선 뭘 하는지 모르겠군. 그런 도적놈들을 가만히 두고."

"쯧쯧, 관부 찾아서 뭘 하나. 솔직히 실력 있는 무인들 몇만 움직여도 끝장을 볼 수 있는데 그걸 하지 않으니……."

풍월을 사이에 두고 자기들끼리 말을 주고받던 사내들은 풍월이 멀뚱한 표정으로 서 있자 그제야 화제를 돌렸다.

"하하! 아무튼 고생했네. 그간 제대로 먹지도 못한 것 같으니 간단히 요기라도 해야겠지? 옷도 바꿔 입고. 염풍이 자네

남은 옷이 있던가?"

"낡긴 했는데……."

덥석부리 사내가 풍월의 옷을 슬쩍 가리키며 웃었다.

"낡아도 이만할까. 여분이 있다니 이 친구에게 좀 내주게."

"그러지."

염풍이란 자가 흔쾌히 고개를 끄덕였다.

봉문과 얼마 떨어지지 않은 곳, 사내들의 거처로 보이는 조그만 집에 간단한 음식과 술상이 차려졌다.

덥석부리 사내가 염풍이 준 옷을 입고 나타난 풍월에게 손짓했다.

"어서 앉게나."

풍월이 앉기가 무섭게 술을 따라줬다.

"나는 곽진이라 하네. 자네에게 옷을 준 친구는 염풍, 그리고 저 친구는 국앙이라 하지. 한데… 아니네."

뭔가를 물으려던 곽진이 입을 다물었다.

술잔을 맹렬하게 노려보는 풍월의 표정에 차마 말을 이을 수가 없었다.

"어서 들게."

"가, 감사합니다."

삼 년 동안 술 냄새를 맡지 못했던 풍월은 잔이 채워지는 것을 용납하지 않았다. 순식간에 십여 잔의 술을 들이켜는 풍월을 놀란 눈으로 바라보던 사내들이 왁자하니 웃었다.

"술 귀신이라도 붙은 모양일세그려."

"술만 마시지 말고 안주도 같이 먹으라고. 보잘 것 없기는 해도 도적놈들이 주는 것보다는 나을 테니까."

풍월은 그들의 배려를 사양하지 않았다.

"백배, 천배 낫습니다."

크게 대답하며 순식간에 접시를 비웠다.

조촐한 안주라고 하나 거의 매일을 물고기와 도토리 가루로 끼니를 해결했던 풍월에게 진수성찬이나 다름없었다.

"이거 술귀신이 아니라 걸신이 들은 모양일세. 하하하!"

"죄송합니다. 제가 혼자……."

풍월은 어느새 바닥을 드러낸 접시들을 보며 민망한 표정을 지었다.

"아닐세. 우린 조금 전에 끼니를 때웠다네. 한데 도적놈들에게서 탈출을 했으면 어서 집으로 돌아갈 것이지 어째서 여기까지 온 것인가?"

곽진이 풍월의 어깨를 두드리며 물었다. 대수롭지 않은 말투였으나 분명 어떤 의도를 담은 질문이었다. 염풍과 국앙의 눈빛도 슬며시 변했다.

"길을 몰라서요. 놈들이 노략질을 하러 떠난 틈을 타서 겨우 빠져나오기는 했지만 어디가 어딘지 알 수가 없었습니다. 길을 잃고 헤매는 제게 토가족의 한 농부가 이곳으로 가면 도와줄 사람들이 있을 것이라 했습니다. 따지고 보면 그분이 제게는 부처나 다름없는 분입니다. 옷도 빌려주고 길까지 자세하게 알려줬지요."

"그게 빌려 입은 옷이란 말인가?"

염풍이 어이없다는 얼굴로 물었다.

"그래도 처음 입고 있던 옷에 비하면 새 옷이나 다름없는 것이었습니다."

풍월의 대답에 다들 입을 쩍 벌렸다.

농부에게 빌려 입었다는 옷 또한 그들의 기준에서 걸레조각이나 마찬가지다. 한데 그 옷이 새 옷이나 다름없었다면 대체 어떤 옷을 입고 있었단 말인가. 좀처럼 상상이 되질 않았다.

"한데 이건 대체 누구의 무덤입니까? 친구들과 여행을 하며 이곳에도 들를 예정이었지만 천문동에 이런 무덤이 있다는 말은 들은 적이 없습니다."

풍월이 거대한 무덤을 가리키며 물었다.

"정말 모르는가?"

곽진이 되물었다.

"예."

"영웅총을 모른다니 자네가 도적놈들에게 잡힌 것이 최소한 삼 년은 더 되었겠군."

"영웅총이요?"

"그렇다네. 개천회 놈들과 싸우다 장렬하게 산화한 영웅들의 무덤이라네."

"그렇군요."

장렬하게 산화한 영웅인지는 모르겠지만 어쨌거나 고개를 끄덕여 주었다.

"그런데 개천회는 또 뭐랍니까? 제가 이래봬도 무림의 사정은 조금 알고 있습니다만 개천회라는 이름은 처음 듣습니다. 군웅들이 합심하여 싸웠다면 뭔가 큰 힘을 지닌 곳 같은데요."

"흠, 개천회를 설명하자면 얘기가 좀 길어지는데 어디 들어 보려나?"

"경청하겠습니다."

풍월의 자세를 고쳐 잡으며 말하자 곽진이 흡족한 표정을 지었다.

"삼 년 전, 전 무림에 천마도의 비밀이 공개되었네. 천마도가 뭔지는 알지?"

"알고 있습니다. 군산에서 열린 화평연에서 공개되었지요."

"알고 있다니 설명하기가 편하겠군. 그때 공개된 천마도의 비밀을 좇아 수많은 군웅들이 이곳 천문동으로 몰려들었다."

"아! 이곳에 있었군요."

풍월이 적당한 추임새를 넣었다.

"맞네. 천문동에 집결한 군웅들 절반 정도는 곧바로 천문동 너머에 있다는 천마총, 천마동부를 찾아 천문동으로 들어섰고 나머지 인원은 이곳에서 대기를 했지. 문제는 개천회라는 놈들이 이곳에 함정을 팠다는 것이라네. 천마도를 미끼로 군웅들을 이곳까지 끌어들인 후, 기습을 한 것이지. 그로 인해 이곳에 대기하고 있던 수많은 군웅들이 목숨을 잃었네. 생존자가 단 한 명도 없을 정도로 치열하고도 처절한 싸움이었지. 이 영웅총은 당시 불의에 맞서 끝까지 대항한 군웅들을 기리기 위해 만들어진 것이라네."

곽진과 염풍, 국앙은 상기된 얼굴로 무덤을 바라보았다.

'불의? 모르겠네. 다들 보물에 눈이 뒤집혀 온 사람들인데. 그래도 개천회와 싸운 건 또 맞으니까……'

내심 코웃음을 치며 조심스레 물었다.

"안으로 들어간 군웅들은 어찌 되었습니까? 개천회의 음모라면 그들도 위험했을 텐데요."

"물론이라네. 그들 역시 간악한 개천회 놈들의 공격에 큰 피해를 당하고 말았다네. 생존자가 있기는 했지만 이곳에 왔던 군웅들의 수를 생각하면 그야말로 조족지혈에 불과한 것이니……."

"뿐인가? 이상한 기문진까지 설치해서 군웅들의 시신도 제대로 수습하지 못하도록 괴롭혔지. 만약 사마세가가 나서지 않았다면 지금까지도 군웅들의 시신을 수습하지 못했을 것이네."

염풍의 말에 곽진과 국앙이 크게 고개를 끄덕였다.

"그렇지. 제갈세가가 봉문을 한 상황에서 그런 기문진을 뚫고 군웅들의 시신을 수습할 곳은 사마세가 뿐일 테니까. 정말 대단해. 이 난리에 아무런 이득도 없고 위험하기 짝이 없는 일에 앞장서서 나선 것을 보면."

"아무렴. 그 정도 덕을 갖췄으니 정의맹(正義盟)을 이끄는 것이겠지."

주거니 받거니 하는 말들에 풍월은 몹시 혼란스러웠다.

'정의맹? 그건 또 뭐야? 아니, 그보다 제갈세가가 봉문을 했단 말이야?'

심호흡을 한 풍월이 약간 상기된 얼굴로 물었다.

"제갈세가가 봉문을 했다니 사실입니까?"

"사실이네."

"아니, 왜요?"

풍월이 자신도 모르게 목소를 높였다. 풍월의 반응에 세 사람도 깜짝 놀랐다.

"어휴, 놀래라. 아니, 왜 갑자기 목소리는 높이고 그러나?"

곽진이 눈을 동그랗게 뜨며 물었다.

"죄, 죄송합니다. 평소 제가 제갈세가를 흠모하는 마음이 커서……."

풍월이 어색하게 말을 돌리자 염풍이 껄껄 웃으며 말했다.

"몇 년간 세상과 연이 끊겼으니 놀랄 만도 하지. 천하의 제갈세가가 봉문이라니. 나라도 놀라겠네."

"그렇기도 하겠군."

곽진과 국앙이 충분히 이해를 한다는 얼굴로 고개를 끄덕였다.

"제갈세가가 봉문이라니요. 대체 무슨 일이 있었던 겁니까?"

풍월이 어느새 차분해진 목소리로 물었다.

"책임을 진 것이라고 해야겠지?"

곽진이 동료들에게 의견을 구했다.

"그렇지. 책임을 진 거지."

"원래 의도는 그것이 아닐지라도 결국은 개천회 놈들에게 놀아난 셈이 되었으니까."

풍월은 사내들의 말을 곧바로 이해할 수 있었다.

"제갈세가가 천마도의 비밀을 공개한 것으로 인해 공격을 받았군요."

풍월의 말에 곽진이 고개를 끄덕였다.

"워낙에 큰 피해를 당했으니까."

"단순히 공개한 정도가 아니라 개천회와 공모한 것은 아니냐는 의심도 받았지."

"맞아. 그게 결정적이었어. 결국 가산을 모조리 정리해서 희생자의 가족들을 위해 써달라며 정무련에 전달했고 그 이후, 봉문을 선언했지."

염풍과 국앙이 맞장구를 쳤다.

"세상에! 공모라니요. 그걸 믿는 사람들이 있었단 말입니까?"

풍월이 어처구니없다는 표정으로 물었다.

"처음이야 믿지 않았지. 그저 소문으로만 돌았을 뿐이니까. 그런데 개천회 놈들과 주고받은 서신이 몇 개 발견되었단 말이야. 그게 결정타였어. 물론 지금도 진위 여부는 알려지지 않았네. 혹자는 개천회에서 제갈세가를 엿 먹이기 위해서 그랬다는 말도 있고, 그게 아니라 정말 공모한 것이라는 말도 있고."

곽진의 말에 염풍이 다소 굳은 얼굴로 말했다.

"난 개천회가 아니라 패천마궁 쪽에서 작업을 한 것이란 생각이 들어."

"맞아, 그런 소문도 있었지."

"솔직히 나도 그쪽이 더 신빙성이 있다고 봐."

곽진과 국앙이 크게 고개를 끄덕였다.

"패천마궁이요? 왜 그들이……."

풍월이 함께 탈출하던 제갈중과 순후의 모습을 떠올리며 곤혹스러운 표정을 지었다. 개천회라는 큰 적을 두고 패천마궁이 제갈세가를 음해할 이유가 없었다.

풍월의 표정을 본 곽진이 너털웃음을 터뜨렸다.

"하하! 이것 참. 자네가 몇 년 만에 세상에 나왔다는 것을 자꾸 까먹는군. 군산에서 화평연이 열린 것은 알고 있다고 했지?"

"예, 그 이후에 이곳으로 오다가 변을 당했습니다."

"사실상 그 이후부터 천지가 개벽을 했으니 차라리 처음부터 설명을 해주는 것이 낫겠어."

"제가 너무 시간을 빼앗는 것 같아 죄송합니다."

풍월이 슬쩍 머리를 숙이자 사내들이 저마다 손을 내저으며 웃었다.

"호호호, 신경 쓰지 말게. 하루 종일 무덤만 지키는 것도 솔직히 고역이니까."

"그렇지. 무료한 일상에 이렇게 잡담을 나누는 것도 나쁘진 않아."

"내가 먼저 시작을 할까?"

국앙이 다른 이들의 동의를 받지도 않고 먼저 입을 열었다.

"천마총을 찾아 이곳으로 왔던 이들 중 간신히 탈출에 성공한 이들을 통해 개천회의 암수가 세상에 알려졌지. 개천회의 등장에 무림은 발칵 뒤집혔네. 그들을 찾기 위해 전 무림이 나섰지만 찾을 수가 없었어. 그러던 와중 패천마궁에서 일이 터졌네. 그러니까……."

국앙의 설명을 들으며 풍월은 벌어지는 입을 다물지 못했다. 그가 도화원에 갇혀 있었던 삼 년 동안 무림엔 감히 상상도 할 수 없는 일들이 벌어져 있었다.

전 무림이 나서서 개천회를 찾았지만 아무런 흔적조차 잡지 못하고 조사 자체가 지지부진하던 어느 날, 무림에 지각변동을 일으킬 만한 큰 사건이 터졌다.

당대 천하제일고수이자 패천마궁이라는 절대세력의 권좌에 앉아 있는 마존 독고유가 암습을 당해 쓰러진 것이다.

단순한 암습이 아니었다. 패천마궁의 힘에 짓눌려 있던 가문, 세력들의 조직적인 반란이었다.

반란에 참여한 가문과 세력의 면면을 보면 실로 놀라울 정도였는데 패천마궁에 절대적인 지지를 보냈던 풍천뇌가와 수라검문, 그리고 적룡무가가 주축이 되어 구문칠가일방일루 중 무려 절반이 넘는 세력들이 반란을 일으킨 것이다.

하지만 독고유와 순후가 속수무책을 당한 이유엔 패천마궁의 절대적인 힘이라 할 수 있는 흑귀대와 적귀대의 반란이 결정적이었다.

천마의 유물을 찾아 천문동으로 향했던 흑귀대와 적귀대가 사실상 전멸을 당하자 패천마궁의 수뇌부는 새롭게 육성하고 있던 흑귀대와 적귀대를 일선에 배치했다.

아직 훈련이 마무리가 되지 않아 시기상조라는 말들이 있기는 했지만 개천회라는 변수에 대비하기 위해서라도 어쩔 수 없다는 의견이 다수였다.

한데 바로 그들이 배반을 한 것이었으니 패천마궁의 입장에선 그야말로 치명타라 할 수 있었다.

마존 독고유는 암습 당시 함께 있었던, 반란을 일으킨 풍천뇌가의 가장 큰 어른이었으나 이미 은퇴를 하여 모든 계획에서 철저하게 배제된 뇌량의 필사적인 노력과, 목숨을 초개처럼 버리며 독고유가 도주할 시간을 만들어낸 밀은단의 희생 덕에 겨우 탈출에 성공을 했다. 하지만 아직까지 생사를 알 수가 없었다.

독고유와 순후를 놓치기는 했으나, 이후 관망하고 있던 대다수의 가문과 세력들이 풍천뇌가, 수라검문, 적룡무가의 수장을 태상으로 하는 삼두 체제에 굴복을 하면서 반란은 사실상 성공으로 끝이 났다.

패천마궁을 완벽하게 접수하는 데 성공한 삼태상은 패천마궁이란 이름을 마련(魔聯)으로 바꾸고 곧바로 외부로 시선을 돌렸다.

내분의 분열을 단속하기 위해 외부로 힘을 투사하기로 결정한 것이다.

이로써 제이차 정마대전이 시작됐다.

제일차 정마대전 이후, 이백여 년이 넘도록 축적된 패천마궁, 아니, 마련의 힘은 실로 무시무시했다.

그야말로 추풍낙엽, 그들 앞에 거칠 것이 없었다.

세상을 향해 칼을 드러낸 이후, 단 삼십 일 만에 강남 무림절반을 석권하는 위력을 보여주었다.

그 짧은 시간 동안 마련에 짓밟힌 문파와 세가, 세력의 수가 백여 곳이 넘을 정도였고, 그 이상의 문파들이 대항을 포기하고 굴욕적인 항복을 했다.

패천마궁에 반란이 있을 때부터 주의 깊게 살펴보고는 있었으나 이토록 전격적인 행보를 할 줄은 예상하지 못한 정무련은 대책을 마련하기 위해 부심했다.

하지만 남궁무백의 죽음 이후, 련주의 자리가 오랫동안 공석이 된 채였고 과거만큼의 영향력을 지니지 못했기에 파죽지세로 밀고 올라오는 마련을 향해 딱히 어떤 대책을 마련하기가 쉽지 않았다.

게다가 마련의 준동과 더불어 중원 무림의 늘 골칫거리라 할 수 있는 북해빙궁(北海氷宮)이 느닷없이 남하를 하였다. 그리고 과거 패천마궁과의 패권 싸움에서 패했지만 그들에게 굴복하지 않고 아예 변방으로 떠났던 환사도문(幻邪刀門)이 변방을 일통하고 옥문관을 넘었다.

새외 최강의 세력이라 할 수 있는 북해빙궁과 환사도문의 출현은 정무련 입장에선 마련만큼이나 골칫거리였다. 특히 이들과 직접, 간접적으로 충돌이 예상되는 문파와 세력들이 정무련의 핵심이라는 것이 큰 문제였다.

무당과 화산, 종남은 환사도문으로 인해서, 소림과 개방, 하북팽가는 북해빙궁으로 인해 쉽게 움직일 수가 없었다.

정무련이 중지를 모으지 못하고 사분오열하는 사이 강남 무림은 말 그대로 초토화가 되고 있었다.

남궁세가를 중심으로 형산파와 산동악가를 비롯해 많은 군웅들이 힘을 모으고는 있었지만 마련의 압도적인 힘과 비교해 절대적인 열세일 수밖에 없었다.

바로 그때, 혜성처럼 등장한 가문이 은자(隱者)의 가문이라 일컬어지는 사마세가였다.

사마세가는 뛰어난 지략과 전략으로 마련의 발걸음을 묶는 것은 물론이고 연전연패를 거듭하던 정무련 측에 처음으로 승리의 기쁨을 맛보게 해주며 제갈세가에는 다소 못 미친다는 세간의 인식을 완전히 날려 버렸다.

게다가 단순히 지략만 뛰어난 것이 아니었다.

사마세가가 배출한 무인들은 비록 그 수가 많지는 않아도 하나하나가 정예들로 구파일방과 사대세가의 여느 제자들과 비교해 보아도 오히려 뛰어나면 뛰어났지 조금도 부족함이 없었다.

강남의 무림인들은 사마세가의 출현에 열광하며 자신들을 외면한 정무련을 대신해 사마세가를 중심으로 새로운 세력을 만들고자 했다.

정의맹은 그렇게 오롯이 군웅들의 힘으로 태어났다.

초대 맹주로 사마세가의 가주 사마연이 추대되었다. 하나 그는 사마세가와 자신은 그런 중책을 맡을 자격이 없다는 이유로 몇 번이나 거절을 했다.

계속되는 추대에도 거절을 하며 군웅들의 애를 태웠던 사마연은 결국 강남 무림을 대표하는 유수한 명숙들이 삼고초려 이상으로 끝없이 노력을 기울인 끝에 어쩔 수 없이 맹주의 자리를 허락했다.

마련에 의해 초토화가 되었다지만 강남 무림의 잠재력은 아직도 상당했다. 거기에 신흥 삼대세가로 일컬어지는 서문세가, 혁련세가, 황산진가까지 합류를 하면서 정의맹은 순식간에 정무련과 어깨를 나란히 할 정도로 힘을 키웠다.

정무련에 속한 남궁세가, 산동악가, 형산파는 정의맹의 탄생에 난색을 표했다. 그러나 대세를 거스르지는 못했다. 생존을 위해서 그들 역시 정무련이 아닌 정의맹을 택할 수밖에 없었다.

강남 무림에 정의맹이라는 새로운 힘이 등장을 하면서 마련의 움직임에도 제동이 걸렸다.

마련의 힘을 감안했을 때 정무련의 도움 없이 정의맹 단독으로 그들을 막기란 불가능했다.

하지만 마련은 무리해서 정의맹을 공격하지 않았다.

힘이 없어서가 아니었다. 힘없이 패주했던 패천마궁의 잔존 세력이 본격적으로 역공을 시작했기 때문이다.

"…해서 현재 강남 무림은 마련과 정의맹이 각축을 벌이는 상황에서 패천마궁이 과거의 힘을 회복하기 위해 애를 쓰고 있는 상황이라네. 패천마궁이 다시 모습을 드러내면서 큰 싸움은 오히려 소강상태라고 할 수 있지. 뭐, 명운을 걸 정도의 싸움은 아니라도 자잘한 싸움이 계속해서 벌어지고 있겠지만."

긴 이야기를 끝낸 국앙은 목이 타는지 거푸 물을 마셨다.

"소강상태는 위쪽도 마찬가지라네. 기세 좋게 남하를 하던 북해빙궁이 소림사와 개방, 팽가를 중심으로 하는 군웅들에게 막혀 오히려 한참이나 물러난 상황이고, 환사도문 역시 언제부터인지 큰 도발 없이 침묵하고 있으니까."

곽진의 말에 입가를 타고 흐르던 물을 소매로 훔치며 말을 받았다.

"그냥 침묵하는 것이 아니라 소문에는 화산파를 공격하던 환사도문의 후계자가 독에 중독되는 바람에 그리되었다고 하더라고."

"나도 그렇게 들은 것 같은데. 후계자뿐만 아니라 핵심 수뇌들 상당수가 중독이 되었다고."

염풍이 맞장구를 치자 곽진이 고개를 저으며 말했다.

"소문이 아니야. 확실한 이야기야."

하지만 풍월의 귀에는 누가 중독된 것 따위는 중요한 것이 아니었다.

"화산파가… 공격을 받았다고요?"

풍월의 분위기가 심상치 않다는 것을 느낀 염풍이 조심스레 입을 열었다.

"그, 그랬지. 꽤나 큰 피해를 당했다고 하더군."

"그럴 수밖에. 환사도문의 위세가 대단하기도 하겠지만, 솔직히 화산파의 힘이 예전 같지가 않지. 이곳에서 많은 문파들이 피해를 당했지만 장문인을 비롯해서 여러 장로가 목숨을 잃은 화산파는 그들 중에서도 가장 심각한 피해를 본 곳 중 하나니까. 후! 명문의 화산파가 어쩌다가 그 모양이 되었는지."

화산파의 몰락이 안타까운지 곽진이 혀를 찼다.

'너무 미워하지 말거라. 그리고 한 번쯤은 화산을 생각해 줬으면 싶구나.'

문득 자신을 구하고 대신해 목숨을 잃었던 도선 진인의 음성이 귓가에 맴돌았다. 더불어 자신이 사랑하는 이들의 얼굴이 떠올랐다.

풍월은 가슴 깊은 곳에서 뭔가가 울컥 치미는 것을 느꼈다.

그걸 아는지 모르는지 국양이 거푸 술을 들이켜며 말했다.

"그리고 보면 당가가 정말 대단해. 당가가 없었으면 무당도 그렇고 화산도 꽤나 위험했을 거야."

"그렇지. 결정적인 순간에 화산파를 구한 것이 당가니까. 만약 다정독후(多情毒后)가 나서서 수뇌부 놈들을 중독시키지 않았다면 어찌 되었을지 아무도 모를걸."

풍월은 다정독후라는 별호에 묘한 이질감을 느꼈다.

당가와 큰 인연이 있는 것은 아니지만 그런 별호는 처음 들었다. 무당이나 화산파를 구할 정도의 실력자를 모른다는 것도 조금은 이상했다.

"만약 여자의 몸으로 태어나지 않았다면 당가의 차기 가주는 그녀가 되었을걸."

"아무렴, 당가 역사에서 그만한 재녀가 없다고 떠들어댈 정도니까."

그때, 곽진이 천문동을 힐끗 바라보며 말했다.

"아무리 생각해도 소문대로 확실히 이곳에서 뭔가를 얻은 것 같단 말이야. 그녀와 당가는 부인을 하지만 난 영 의심이……."

곽진의 말이 끝나기도 전 풍월이 벼락같이 물었다.

"그녀가 천문동에 들어왔었단 말입니까?"

"그, 그랬지. 당가의 유일한 생존자지, 아마."

곽진이 고개를 돌리자 염풍이 크게 고개를 끄덕였다.

"맞아. 독괴 추망우에게 모조리 당하고. 그녀가 유일한 생존자라 했네. 세상에, 독괴라니!"

염풍이 탄식하듯 소리쳤다.

"이름이 뭐랬더라. 그러니까 당……."

국앙이 고개를 갸웃거리자 풍월이 딱딱하게 굳은 얼굴로 물었다.

"혹시 당령 아닙니까?"

"아, 맞다. 당령. 다정독후가 바로 그녀라네."

"허!"

풍월의 입에서 실소가 터져 나왔다.

"다정… 독후? 하! 개가 웃겠다."

풍월의 몸에서 순간적으로 폭발적인 기운이 나타났다가 사라졌다.

무덤을 지키는 사내들이 아무리 한직을 전전하는 이들이라 해도 명색이 정무련 휘하에 있는 자들이었다. 풍월의 변화를 눈치채지 못할 리가 없었다.

"자… 네 누군가?"

곽진이 긴장된 어조로 물었다.

염풍과 국앙이 여차하면 무기를 뽑아 들 자세를 취하자 곽진이 눈짓으로 그들을 만류했다.

풍월이 기를 드러내기 전까지 전혀 눈치채지 못했다는 것은 상대의 실력이 자신들을 아득히 뛰어넘는다는 것. 행여나 쓸데없는 도발을 하여 화를 자초할 필요는 없었다.

"적은 아니니 그리 걱정하지 마십시오. 그저 화산과 인연이 조금 있을 뿐입니다."

"도적에게 잡혔다는 것도 거짓말이겠지?"

"……"

풍월이 침묵하자 곽진이 쓰게 웃었다.

"이거 우리들 꼴만 우습게 되었군."

"속일 생각은 없었습니다. 다만 이곳과 안 좋은 기억이 있어서… 개천회의 잔당일 수도 있다고 여겨서 그랬습니다."

풍월의 변명에 곽진의 눈을 크게 떴다.

"혹, 천문동에 진입했던……"

"부인하진 않겠습니다."

"역시 그렇군."

곽진이 자신의 예상이 맞았다는 표정으로 고개를 끄덕였다. 옆에서 듣던 염풍, 국앙이 입을 쩍 벌리며 놀랐다.

"궁금한 것이 있는데 조금 더 설명해 주실 수 있겠습니까?"

"물론일세. 말해보게나."

곽진이 보다 친절히, 그리고 나름 정중히 대답했다.

"다정… 아니, 당령이 홀로 살아남았다는 말을 하셨는데 사실입니까?"

풍월은 다정독후라는 말을 차마 입에 올리지 못했다.

"그렇다네. 애당초 개천회의 함정에서 살아남은 사람이 몇 되지 않는 데다가 그녀는 최후까지 남아 항전한 인물이니까."

문득 자신이 탈출시킨 유연청의 행방이 궁금했다.

"최후까지 항전을 했다고 하셨는데 혹여 다른 사람은 없었습니까? 몇 명 더 있는 것으로 알고 있는데요."

"글쎄, 미리 탈출한 사람들은 몰라도 천마동부까지 밀렸다가 비밀 통로를 이용해 탈출에 성공한 사람은 그녀 혼자인 것으로 아는데."

곽진의 말에 풍월의 낯빛이 살짝 어두워졌다.

'탈출에 실패했단 말인가? 당령이 탈출에 성공을 했다면 그녀 역시 무사히 탈출을 했을 터인데. 설마 개천회 놈들에게 발각된 건가? 아니, 어쩌면 탈출로가 막혔을 수도……'

풍월은 유연청을 데리고 함께 호수로 뛰어들어야 했던 것은 아닌가 후회를 하며 한숨을 내쉬었다.

풍월의 표정이 어두워지자 곽진 등도 덩달아 긴장을 했다.

'살아야 할 사람은 죽고 쓸데없는 년만… 어, 그런데 당령 혼자 살아남았다고? 말이 안 되잖아.'

풍월의 눈이 순간적으로 번뜩였다.

"당령이 탈출을 할 때 개천회 놈들하고 충돌을 했다고 합니까?"

"아니, 그런 말은 듣지 못했는데. 자네들 아는 거 있나?"

곽진이 염풍과 국앙을 향해 물었다.

"그런 말을 듣지 못했어."

"나 역시도."

염풍과 국앙이 동시에 고개를 젓자 풍월의 표정이 심각하게 변했다.

'당시에 천마동부에는 당가의 식솔들과 승룡검파의 무인들이 남아 있었다. 그런데 당령 혼자 살아남았단 말이지. 이건 말이 안 돼. 뭔가 있다.'

풍월은 자신이 호수로 뛰어든 이후, 천마동부에 무슨 일인가가 벌어졌음을 직감했다.

당가의 식솔들만 살아남았다면 그들이 승룡검파를 제거했다고 예상할 수 있었다. 문제는 당가의 다른 식솔까지도 목숨을 잃었다는 것이다.

'양패구상? 말도 안 되지.'

당시 당가와 승룡검파의 전력을 감안했을 때 다소 피해는 있을지 몰라도 승룡검파는 당가의 상대가 될 수 없었다.

'설… 마? 아니지. 그년이 아무리 보물에 눈이 뒤집혀도 같은 핏줄을……'

뭔가를 떠올리던 풍월은 자신의 생각이 지나쳤다고 생각했는지 고개를 흔들었다.

"천문동 분지에 설치된 기문진이 다 파훼되었다고 했던가요?"

"맞네. 사마세가와 군웅들이 나서서 기문진을 제거하고 시신들을 수습했네."

"천마동부는 어찌 되었습니까? 당시 지붕이 무너져 완전히 막혀 버렸는데."

"뚫어보려고 몇 번 시도는 해본 것으로 아네만 실패했네. 지붕이 계속 무너져서 접근조차 불가능했다지 아마."

"당령이 탈출한 비밀통로가 있지 않습니까?"

"그곳도 무너졌다고 하더군. 천마동부의 동굴이 무너질 당시 그 여파로 인해 이미 위험했던 모양이야. 그녀가 운이 좋았지. 무너지기 전에 탈출을 했으니까."

곽진은 운이라고 했지만 풍월은 그의 말을 믿지 않았다.

'절대로 그냥 무너졌을 리가 없다. 설사 그렇다고 해도 확인을 해야 한다. 그때 거기서 무슨 일이 벌어진 것인지. 그러자면⋯⋯.'

풍월이 자신도 모르게 금편계곡 쪽으로 고개를 돌렸다.

"푸학!"

거친 숨소리와 함께 풍월의 머리가 호수 위로 솟구쳤다.

호수 밖으로 몸을 끌어 올린 풍월은 한참 동안 바닥에 누워 거칠게 숨을 내뱉었다.

큰 부상에 내력이 바닥난 상태로 탈출을 할 때와는 달리 몸 상태가 최상이었음에도 불구하고 물길을 거슬러 오른다는 것은 결코 쉬운 일이 아니었다. 더구나 길잡이가 되어주었던 야광주의 가루도 없었기에 몇 번이나 방향을 잃고 헤매기까지 했다.

"내가 미쳤지. 뭘 확인하겠다고 이 고생을."

풍월은 군이 고생을 자초한 자신의 멍청함을 자책하며 천천히 몸을 일으켰다.

귀가 멍할 정도의 굉음은 여전했지만 천마동부를 밝히던 등잔이 모조리 꺼진 상태라 한 치 앞도 보이지 않았다.

품을 뒤져 곽진 일행에게 얻은 화섭자를 꺼내 들었다. 유지로 감싸고 피혁낭으로 보호를 해서인지 다행히 물에 젖지는 않았다.

내력으로 옷을 말린 뒤에 그 옷가지를 이용해 불을 지폈다.

풍월은 옷가지를 이용해서 만든 불로는 오래 버티지 못한다는 것을 알고 천마동부 내부에 있는 등잔 중 쓸 만한 것을 찾아 바삐 움직였다.

동공에 있는 등잔은 모조리 소모가 되었다. 다행히 별실 동굴에서 아직 사용 가능한 등잔 두 개를 찾아낼 수 있었다.

풍월이 등잔을 앞세워 동공을 살피기 시작했다.

두 개의 등잔으로 거대한 동공 전체를 밝히는 것은 불가능했으나 안력을 최대한 돋운 상태인지라 두 개의 등잔만으로도 충분했다.

곳곳에 시신이 쓰러져 있었는데 삼 년이란 시간에 동공 내부의 습한 기운으로 인해 이미 완벽하게 백골로 변해 버린 상태였다.

"이래선 누가 누군지 알 수가……."

불평을 하던 풍월이 뭔가를 발견했는지 황급히 몸을 숙였다. 한 무리의 백골에서 다른 백골과는 전혀 다른 특징이 보였다.

"독이네."

백골이란 말이 무색하게 뼈의 색이 모조리 검게 변해 버린 것을 보며 그들이 독에 중독되어 목숨을 잃었음을 알 수 있었다.

풍월이 백골 옆에 떨어져 있는 검을 집어 들었다.

검의 손잡이에는 '唐(당)'이란 글자가 새겨져 있었다. 혹시 몰라 주변의 다른 검을 살펴보았는데 모두 당가를 상징하는 글자가 새겨져 있었다.

풍월의 손에 절로 힘이 들어갔다.

"당가의 식솔들. 한데 모조리 중독되어 죽었다. 유일한 생존자는 당령. 이걸 어떻게 해석해야 되는 거지?"

사실상 결론은 난 셈이지만 감히 상상조차 할 수 없었기에 차마 입 밖으로 꺼낼 수가 없었다.

당가의 식솔로 예상되는 백골과 조금 떨어진 곳, 홀로 쓰러져 있는 백골이 있었다.

풍월은 백골 옆에 떨어져 있는 칼을 보곤 그의 출신을 금방 눈치챘다.

"호아도. 팽가의 무인이다."

동시에 천마동부에 남았던 생존자들 중 낯선 얼굴을 떠올렸다. 비록 한마디 말도 나눠보지는 못했지만 선한 인상에 강인한 눈빛이 기억에 남는 사내였다.

"뼈의 색이 이상 없는 것을 보면 중독된 것은 아닌데, 하면 누구에게 당한 거지? 패천마궁의 무인들과 싸우다가……."

읊조리던 풍월이 입을 다물곤 등잔을 바닥 가까이 가져갔
다. 바닥에 칼끝으로 새긴 듯한 글귀가 보였다. 워낙 흘려서
써진 것이라 명확히 알 수는 없었지만 그래도 충분히 식별 가
능했다.

"당… 령. 네년 짓이구나."

풍월이 이를 부득 갈았다.

얼마나 억울했으면 목숨이 떨어지는 순간까지 이름을 남기
려 했을까.

개천회라는 공동의 적에 맞서 끝까지 항전했던, 동료라 철
썩같이 믿고 있던 이에게 목숨을 잃은 것이니 그 원통함이 하
늘에 닿았으리라.

"당신의 원통함은 내가 꼭 풀어주겠습니다."

이를 갈며 맹세를 한 풍월이 몸을 돌렸다.

백골을 수습하여 팽가에 전해줘야 하는 것은 아닌가 잠시
고민을 했지만 그렇게 따지면 천마동부 내에서 수습해야 할
백골들이 너무 많았다. 설사 수습을 한다고 해도 당장 팽가로
갈 수 있는 상황이 아니기에 무리를 할 수는 없었다.

팽가의 무인으로 보이는 백골 이후, 다른 백골에선 더 이상
특이할 만한 점을 찾지는 못했다. 하지만 결과는 명확했다.

팽가의 생존자는 당령에게 목숨을 잃었고, 당가의 식솔들

또한 모조리 중독이 되어 목숨을 잃었다. 현 상황에서 그들을 중독시킬 수 있는 사람은 오직 당령뿐이었다.

"사갈 같은 년."

풍월은 눈부신 미모 뒤에 숨겨진 당령의 잔인한 심성을 욕하며 유연청이 탈출한 곳을 살피기 시작했다.

비밀 통로를 품고 있는 동굴의 입구가 무너져 내린 상태라 비밀 통로는 고사하고 동굴 자체가 단단히 막혀 있었다.

무너진 입구를 잠시 살피다 실망한 표정으로 몸을 돌리려는 찰나, 등에 매달려 있는 묵뢰가 진동을 하기 시작했다.

"어? 뭐야?"

풍월이 갑작스러운 변화에 당황하는 사이 묵뢰가 일으키는 진동과 공명음은 점점 더 커져만 갔다.

분명 이런 경험이 있었다.

패천지동에서 처음으로 묵뢰를 발견했을 때였다.

"아!"

풍월의 입에서 탄식이 터져 나왔다.

자신이 아주 중요한 뭔가를 잊고 있었다는 것을 깨달은 것이다.

풍월의 고개가 동굴로 홱 돌아갔다.

아니나 다를까, 동굴 저편에서도 미미하게나마 진동이 느껴졌다.

머뭇거릴 이유가 없었다.

풍월이 동굴을 막고 있는 바윗덩이들을 치우기 시작했다.

평범한 이들이라면 들지도 못할 정도로 큰 바윗덩이들이 가득했지만 이미 잔뜩 내력을 끌어 올린 풍월은 그다지 힘들이지 않고 바위들을 치워냈다.

바위들이 치워질 때 좌우에서 또 다른 바위들이 무너져 내리며 몇 번이나 위험한 순간을 맞이했지만 풍월은 포기하지 않았다. 그리고 마침내 동굴 깊숙한 곳에 박혀 있는 묵운을 발견했다.

"찾았다."

풍월이 안도감과 희열로 가득한 얼굴로 묵운을 잡아챘다.

잠시 잊고 있었다는 것이 너무도 미안해 마치 사랑하는 여인을 대하듯 소중히 품고 돌아섰을 때 굉음과 함께 동굴이 완전히 무너져 내렸다.

무너진 동굴과 묵운을 번갈아 바라보던 풍월이 안도의 숨을 내뱉으며 맞은편, 당령이 탈출했을 것이라 예상되는 비밀 통로로 향했다.

백골로 변해 버린 만독마존의 시신을 지나 거의 일각여를 걸어갔을 때 곽진의 말대로 비밀 통로가 무너져 있었다.

뚫을 수 있을까 몇 번 시도를 해보았다. 그럴 때마다 통로 전체가 미묘하게 흔들리는 것을 느끼곤 포기를 할 수밖에 없었다.

풍월은 낙담한 표정으로 중앙의 동공으로 돌아왔다.

"미치겠네."

그렇게 중앙의 동공으로 돌아온 풍월이 뒤통수를 마구 긁어댔다.

천마동부로 통하는 길은 모두 네 곳이다. 한데 그중 세 곳이 막혔다.

남은 곳은 오직 호수에서 도화원으로 통하는 길뿐이었다.

여전히 힘차게 쏟아지는 폭포수 앞에서 물끄러미 호수를 바라보았다.

보는 것만으로도 질식할 것 같은 적막감과 어둠이 느껴졌다.

벌써 두 번이나 경험했지만 여전히 두려웠다.

묵운과 묵뢰를 등허리에 단단히 고정을 시킨 풍월이 크게 심호흡을 했다.

호수에 뛰어들기 전, 자신도 모르게 소리쳤다.

"빌어먹을 년! 내 반드시 죽인다. 두 번 죽인다!"

풍월의 외침은 폭포수의 굉음에 이내 묻혔고 몸 또한 호수의 어두운 물속으로 순식간에 사라졌다.

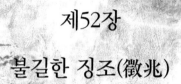

제52장

불길한 징조(徵兆)

약 향이 진하게 풍기는 방, 독괴 추망우가 심각한 표정으로 한 청년을 살피고 있다.

전신의 피부가 검게 변한 채 가쁘게 숨을 내쉬는 청년의 병세는 누가 봐도 심각해 보였다. 하지만 금방이라도 숨이 끊어질 듯 혼수상태였던 며칠 전보다는 그나마 나아진 것이었다.

"어제보다는 한결 편히 숨을 쉬는 것 같습니다."

추망우 곁에서 청년을 지켜보던 은검단 부단주 은야가 말했다.

"아직 안심할 단계는 아니나 그래도 위험한 고비는 넘긴 것 같다."

"당가의 독이 지독하긴 합니다. 장로님께서 이 정도로 고생을 하실 줄은 몰랐습니다."

은야를 힐끗 바라본 추망우가 고개를 저었다.

"당가에서 사용하는 독이 아니다."

"예?"

"내가 당가의 독을 연구한 지가 벌써 수십 년이 넘었다. 하지만 생소한 독이야. 이런 증상은 마치… 아! 그렇군. 내가 어찌 그 생각을 하지 못했을까."

크게 탄식하며 자책한 추망우가 청년의 팔을 잡고 지그시 눈을 감았다. 추망우가 정신을 집중하며 청년을 살피자 은야도 침묵하며 그의 옆을 지켰다.

그렇게 일각여의 시간이 흐르고 정수리에서 김이 뿜어져 나올 정도로 내력을 끌어 올려 청년을 살피던 추망우가 천천히 눈을 떴다.

추망우의 날카로운 눈빛이 아직도 고름이 흐르고 있는 청년의 상처로 향했다.

추망우가 소도와 집게를 이용해 상처를 헤집기 시작했다. 은야는 그런 추망우의 행동에 궁금증이 일었지만 입을 다물었다.

"역시."

나직한 탄성과 함께 추망우가 집게를 들어 올렸다.

은야는 집게 끝에서 꿈틀거리고 있는 벌레를 보며 흠칫 놀랐다. 벌레는 구더기 정도의 크기였는데 그 생김새가 몹시 흉측했다.

"그, 그게 무엇입니까?"

은야가 오만상을 찌푸리며 물었다.

"고독."

"고독이라 하시면……."

추망우가 고독을 용기에 담으며 대답을 하려 할 때 방문이 열리며 한 명의 노인과 중년인이 안으로 들어섰다.

변방을 일통한 환사도문의 전대 문주 위천과 현 문주 위백양이었다.

은야가 벌떡 일어나 그들에게 예를 표했다.

"어떤가?"

백발이 성성한 노인, 위천이 손자 위관을 보며 조용히 물었다.

"괜찮을 것 같습니다."

위천과 위백양은 추망우의 자신만만한 말투에 흠칫 놀랐다.

바로 어제만 해도 마음의 준비를 해야 할지 모른다며 상당히 비관적으로 말했기 때문이다.

"하면 치료가 가능하단 말이오?"

위백양이 물었다.

"그렇습니다."

"어제만 해도 치료를 장담할 수 없다 하지 않았소?"

"다행히 해독제가 효과를 발휘하기 시작했습니다. 게다가 결정적인 요소를 찾아냈기에 하는 말입니다."

위천의 미간이 꿈틀거렸다.

"결정적인 요소?"

"이것입니다."

추망우가 철제 용기를 그들 앞에 내밀었다.

용기 안에는 그가 청년의 상처에서 꺼낸 고독이 꿈틀거리고 있었다.

"이게 무엇인가?"

위천이 놀라 물었다.

"고독이라 하지요. 소문주의 몸에서 나온 것입니다. 독도 독이었지만, 바로 이놈 때문에 상세가 심각했던 것입니다."

"고독이라니!"

위백양이 치를 떨었다.

"당가에서 고독을 쓸 줄은 몰랐군. 하면 다른 이들 역시 고독에 중독이 된 것인가?"

위천이 위관과 똑같은 증세로 사경을 헤매고 있는 수하들을 떠올리며 물었다.

"아마도 그럴 것이라 봅니다."

"제거는 가능하겠는가?"

"원인을 몰라 고생을 했을 뿐, 고독이라는 것을 확인한 이상 제거할 수 있습니다. 물론 고생은 좀 해야겠지요."

위천이 추망우의 이마에 흐르는 땀을 의식하며 고개를 끄덕였다.

"부탁하네. 신세는 반드시 갚도록 하지."

"본회와의 약속만 잘 지켜주시면 됩니다. 그것이면……."

추망우가 갑자기 말을 줄였다.

'당가에서 사용했으나 당가의 독이 아니다. 게다가 고독술이라면… 그래, 만독방이다.'

추망우가 자신도 모르게 주먹을 꽉 쥐었다.

'천마동부에서 살아남았다더니만 어린 계집이 만독마존의 무공을 얻었구나.'

분노가 치밀었다. 만독마존의 무공을 얻지 못해서 그런 것은 아니었다.

스스로의 실력에 충분히 만족하고 자신이 있었기에 누가 어떤 무공을 얻었던 상관이 없었다.

하지만 당가는 달랐다. 만독마존의 무공이면 그렇잖아도

만만찮은 당가에 날개를 달아줄 수 있는 보물이 아닌가. 당가의 몰락을 바라는 입장에서 보자면 최악의 상황이라 할 수 있었다.

"무슨 문제라도 있는 것이오?"

급변하는 추망우의 표정을 보며 위백양이 물었다.

"아, 아닙니다. 잠시 생각할 것이 있어서. 다른 이들의 고독도 최대한 빨리 제거하도록 하겠습니다."

"부탁하겠소."

위백양이 살짝 고개를 숙였다.

"한데 조사님의 나머지 무공은 언제 볼 수 있는 것인가?"

위천이 슬며시 물었다. 순간, 추망우의 표정이 냉랭하게 변했다.

"아직 약속을 지키지 못하셨습니다. 무당과 화산이 건재하지 않습니까? 최소한 한 곳은 완전히 무너뜨리는 것으로 약조를 한 것으로 기억합니다."

"그렇긴 하지만……."

말끝을 흐리던 위천이 짧게 한숨을 내쉬었다.

"아니네. 방금 말은 못 들은 것으로 하지."

추망우가 냉랭했던 표정을 풀었다.

"약속만 지켜주신다면 육도마존께서 남기신 무공은 온전히 환사도문의 것이 될 것입니다. 아, 참고로 본회에서도 지원 병력이 오고 있으니 이제 곧 약속을 지키실 수 있을 겁니다."

"오! 그게 정말이오?"

위백양이 반가이 물었다.

변방을 일통했다고는 하지만 그들이 얻은 지역은 대막에 한정되어 있을 뿐이다. 그리고 대막 무림의 힘은 아직 중원 무림에 비할 바가 아니다.

물론 환사도문의 힘만으로도 무당이나 화산은 충분히 감당할 수 있었지만 당가가 끼어들면서 일이 틀어지고 말았다. 소문주를 비롯해 핵심 수뇌 중 몇 명이 독에 중독되어 쓰러지는 바람에 사기마저 저하됐다. 그런 상황에서 개천회의 지원은 천군만마나 다름없었다.

추망우가 위백양의 반응에 내심 실소를 지으며 고개를 끄덕였다.

"그렇습니다. 외부의 이목 때문에 은밀히 이동하고 있지만 수삼 일 내에 모두 도착할 수 있을 것입니다."

*　　　　　*　　　　　*

도화원을 떠난 풍월은 곧바로 북상을 시작했다.

평소라면 우회를 하여 화산으로 향하겠지만 시간이 촉박하다 보니 잠시도 쉬지 않고 달려 수십 개의 산과 산맥을 넘었다.

그렇게 이동하기를 육 일째, 마침내 웅장하게 치솟은 화산을 눈앞에 두게 되었다. 손만 뻗으면 잡힐 듯 가까워 보였지만 최소한 반나절은 더 달려야 초입에 도착할 수 있을 터였다.

"젠장, 조금이라도 씻어야지. 상거지가 따로 없네."

육포를 질겅이며 자신의 몸을 살피던 풍월이 쓰게 웃었다. 지난 며칠 동안 노숙을 하며 달려오느라 꼴이 말이 아니었다.

가까이에 계곡이 있는 듯 때마침 물소리가 들려왔다.

반색을 한 풍월이 계곡을 향해 달렸다.

시원스레 흐르는 물줄기가 보였다.

물줄기 위로 낙차가 크지 않은 폭포가 보였고 그 밑으로 딱 씻기 좋은 웅덩이가 고여 있었다.

한데 선객이 있었다.

풍월이 본능적으로 몸을 숙였다.

도화원을 떠난 이후, 워낙 험한 산길로만 이동하다 보니 사람을 만날 기회가 거의 없었다.

그나마도 두세 명씩 짝을 지어 다니는 약초꾼과 사냥꾼이 전부였다.

한데 지금은 뭔가 달랐다.

웅덩이 주변에서 휴식을 취하는 인원만 정확히 열두 명, 게다가 저마다 무장을 하고 있는 것이 영 수상했다. 사냥꾼의 복장도 아니었고 단순히 산을 구경하고자 하는 이들 같지도 않았다.

최대한 은밀히 접근한 풍월이 그들의 대화에 귀를 기울였다.

"일각 후, 출발한다."

누군가의 외침에 곧바로 야유가 터져 나왔다.

"잠도 안 자고 열 시진을 꼬박 달려왔다. 너무 빡빡한 거 아냐, 조장?"

"맞아. 밥이라도 제대로 먹고 출발하자."

"술 고프다, 조장. 우리에게 능력을 보여줘."

곳곳에서 웃음소리가 들렸다. 와자하니 떠드는 것이 분위기가 꽤나 좋았다. 하지만 그들의 대화를 듣고 있는 풍월은 웃을 수가 없었다.

"이 각이면 쉴 만큼 쉬었잖아. 밥과 술은 도착해서 먹으면 되고. 조금만 힘내자. 이제 얼마 남지 않았어."

조장이란 사내가 동료들을 격려하며 목소리를 높였다.

"그런데 조장, 우리가 마지막인 거지?"

"그래, 선발대는 이미 도착을 했을 거고, 후발대 중에서도 우리가 마지막이다."

"이런 산길로 다녔으니 당연하지. 젠장, 우리도 삼 조처럼 상인으로 위장을 할 수 있었으면 얼마나 좋아. 그러면 진작 도착해서 편히 쉬고 있을 텐데."

사내가 이마의 상처를 북북 긁으며 말했다.

"크크크, 뽑기를 그렇게 뽑은 걸 어쩌냐?"

"알잖아. 우리 위대한 조장님께서 도박은 젬병이라는걸."

"뽑기가 도박이냐?"

"도박이라면 도박이지."

"지랄! 시끄럽고. 조장, 언제 공격한대?"

"그건 나도 몰라. 하지만 임박했다는 거는 안다."

조장의 대답에 질문을 했던 사내가 누런 침을 탁 뱉으며 투덜거렸다.

"제대로 쉬지도 못하고 싸우게 생겼네."

맞은편 바위에 누워 있던 사내가 벌떡 몸을 일으키며 말했다.

"뭘 걱정해? 무당이니 화산이니 해봤자 어차피 별 볼 일 없는 놈들이야. 천문동에서의 싸움 기억 안나?"

"맞아, 처음에 놈들을 상대할 때 솔직히 다들 잔뜩 쫄았잖아. 하지만 막상 상대해 보니 별것 아니었고."

"하긴, 실망은 좀 했지. 이런 영광의 흉터를 얻기는 했지만."

연신 투덜거리던 사내가 이마의 흉터를 다시 긁어대자 조장이 그의 곁으로 다가와 가만히 어깨를 짚으며 소리쳤다.

"그때는 그들이 기습을 당해서 그런 거고. 다들 조심하자. 자칫하면 흉터가 아니라 목이 날아가는 수가… 누구냐!"

조장이 몸을 홱 돌리며 소리쳤다.

말이 끝나기도 전에 세 자루의 비수가 번개처럼 뿌려졌다.

수풀을 뚫고 들어간 비수는 목표물을 정확하게 노렸지만 원하는 결과를 얻지는 못했다.

"눈치가 제법일세."

수풀이 흔들리고 풍월이 세 자루의 비수를 장난치듯 던지며 모습을 드러냈다.

조장이 비수를 던지는 것과 동시에 웅덩이 주변에서 휴식을 취하던 이들은 이미 전투준비를 갖추었다. 그들의 재빠른 행동에서 풍월은 그들이 꽤나 고된 훈련을 받았음을 짐작할 수 있었다.

"누구냐고 물었다."

조장이 풍월을 향해 검을 겨눈 채 공격을 하려던 동료들을 눈짓으로 만류하며 소리쳤다.

"그건 차차 알게 될 거고. 우선 확실하게 하나 짚고 넘어가자고. 방금 전에 천문동이라고 한 것 같은데 내가 잘못 들은 것은 아니지?"

풍월이 천문동을 언급한 사내를 정확히 응시하며 물었다.

풍월과 시선을 마주친 사내가 흠칫 놀라며 뭐라 반응을 하려던 찰나, 조장이 손을 들어 그의 입을 막았다.

"그걸 왜 묻는 거지? 그리고 아직 답을 듣지 못했다. 너는 누구냐?"

풍월은 다른 이들과는 달리 냉정함을 잃지 않은 조장을 보며 조금은 감탄을 했다.

"확실히 우두머리는 다르네. 하지만 대답은 나부터 들어야겠는데."

풍월의 손에서 놀던 비수가 사라지고 동시다발적으로 비명이 터져 나왔다.

"크악!"

"으악!"

세 명의 사내가 어깨를 부여잡고 비틀거렸다.

그들의 어깨엔 풍월이 던진 비수가 손잡이까지 깊게 박혀 있었다.

조장은 물론이고 풍월을 에워싸고 있던 다른 이들 모두가 전율했다.

눈 깜짝할 사이에 세 명의 동료들이 당해서가 아니다. 풍월의 움직임이 전혀 보이지가 않았기 때문이다.

"이제 대화를 할 준비가 된 것 같네."

풍월이 씨익 웃었다.

"닥쳐랏!"

조장의 외침과 더불어 풍월을 향한 공격이 시작됐다.

천문동이란 이름을 언급했을 때부터 그들이 개천회와 연관이 있다고 판단한 풍월은 손속에 인정을 두지 않았다.

그들에게 목숨을 잃은 군웅들의 수만 족히 천여 명은 될 터.

그들을 배려해 줘야 할 이유가 조금도 없었다. 오히려 응징을 하려면 제대로 해야 했다.

풍월은 등에 메고 있는 묵운과 묵뢰를 꺼내지도 않은 채 오로지 두 손만으로 그들을 상대했다.

사방에서 공격이 밀려들었으나 단 하나의 공격도 성공하지 못했다. 아니, 풍월의 옷깃조차 스치지 못했다.

그에 반해 어찌 보면 투박하고 정직하기 짝이 없는 풍월의 공격은 무시무시한 위력을 자랑했다.

한 번의 헛손질도 없이 휘두르는 족족 치명상을 입고 나가떨어졌다.

이마에 흉터가 있던 사내는 산화무영수에 가슴이 함몰되어 숨이 끊어졌고, 그와 말장난을 했던 자는 뇌격권에 얼굴을 맞고 목이 부러져 즉사했다.

다른 이들 역시 사정은 비슷했다.

풍월은 왼손으론 화산의 산화무영수를, 오른손으로 철산도 문의 뇌격권을 자유자재로 사용하며 적들을 유린했다.

"컥!"

동료들을 독려하며 누구보다 선전을 했던 조장마저 풍월의 왼발에 걸려 오 장을 날아가 웅덩이에 처박혔다.

풍월은 왼발에 전해진 타격감을 확신하면서 그의 생사를 확인조차 하지 않았다.

"자, 이제 혼자 남았으니 대답을 해줬으면 좋겠는데."

풍월이 두려움에 덜덜 떠는, 천문동을 언급한 사내 앞에서 주변을 휘휘 둘러보았다.

풍월 앞에서 떨고 있는 사내를 제외하곤 단 한 명도 멀쩡 한 사람이 없었다. 최소한 절반은 목숨을 잃었고 나머지 사람 들도 그에 준하는 부상을 당한 채 아무렇게나 너부러져 있었 다.

"천문동에 갔었나?"

풍월의 물음에 사내가 필사적으로 고개를 끄덕였다.

"개천회?"

사내가 개천회란 이름에 멈칫거리자 풍월이 슬쩍 손을 들 었다.

"마, 맞습니다."

"정확히 어디 소속이야?"

"개, 개천회 휘하 으, 은검단 칠 조에 속해 있습니다."

"은검단이라면 다른 조직도 있다는 말이겠네. 금검단이라든 가, 동검단이라든가."

"그, 금검단과 묵검단이 있습니다. 그 외에도 있는 것으로 압니다만 제가 아는 것은 그 둘입니다."

개천회는 물론이고 자신이 속한 소속에 대해선 목숨이 끊 어지는 순간까지 함구하도록 훈련을 받았다. 하지만 마안공 을 통해 공포심이라는 괴물에 잠식당한 사내는 풍월이 묻는 족족 대답을 했다.

"그런데 은검단이 왜 화산을 노리는 거야? 화산을 노리는 것 맞지?"

사내가 움찔 놀라며 고개를 끄덕였다.

"마, 맞습니다."

"얼마나 움직인 거야?"

"은검단 전부가 움직였습니다."

"전부가? 한데 어째서 인원이 이것뿐인데?"

"외, 외부의 이목을 조심… 하느라 흩어져서 이동… 중입니 다."

사내의 눈빛이 급격히 흐려지자 풍월은 마안공의 힘을 감당하지 못하고 있음을 직감했다. 조금 더 진행시키면 혼절을 하거나 재수 없으면 미치광이가 될 터였다. 그렇지만 사정을 봐줄 생각은 없었다.

"개천회와 환사도문의 관계는 뭐야? 환사도문이 개천회에 속한 건가?"

"그건 아… 닙니다."

눈빛은 물론이고 말도 점점 느려지자 풍월이 빠르게 소리 쳤다.

"빌어먹을! 개천회의 위치는 어디야? 회주는 누구지?"

"개, 개천… 회의 위치는… 회주는… 으아악!"

몇 마디를 읊조리던 사내는 갑자기 머리를 부여잡더니 피를 토하며 쓰러졌다.

급작스러운 사내의 변화에 풍월도 놀라는 빛이 역력했다.

마안공으로 인해 사내의 상태가 심각하기는 했어도 이 정도까지는 아니었다.

"금제(禁制)로군."

풍월은 사내가 어떤 금제를 당하고 있음을 직감했다.

"개천회라는 이름은 아니겠고, 위치? 그것도 아니면 회주의 정체를 말하려고 해서인가?"

풍월은 사내가 정확히 어떤 금제를 당한 것인지는 파악할 수가 없었다.

그저 자신이 던진 마지막 질문을 감안해서 짐작할 뿐이다.

개천회가 지금껏 어떻게 비밀을 유지할 수 있었는지를 조금은 엿본 것 같았다.

"흠, 어쨌건 확실한 것은 개천회가 환사도문과 손을 잡고 무당과 화산을 치려 한다는 거네. 설마 북해빙궁과도 연계가 되어 있는 거 아냐?"

환사도문과 북해빙궁과의 관계를 떠올리자 문득 당금 무림의 혼란스러운 상황이 떠올랐다.

"어쩌면 패천마궁에서 벌어진 반란까지도 개천회가 개입한 것은… 에이, 아니다. 무슨 헛소리를."

풍월은 자신의 생각이 너무 나갔다고 생각하며 고개를 저었다.

"그런데 흩어져서 이동 중이란 말이지."

시원하게 흐르는 계곡물을 잠시 바라보던 풍월이 이내 몸을 돌렸다.

씻을 시간도 아까웠다.

화산, 아니, 천문동에서 놈들에게 당한 군웅들의 한을 생각한다면 한 놈이라도 더 잡아야 했다.

＊　　　＊　　　＊

"아직이냐?"

추망우가 은검단주 숭전에게 물었다.

표정은 물론이고 말투마저 싸늘했다.

"죄송합니다."

숭정과 은야가 나란히 머리를 조아렸다.

평소 수하들을 차갑게 대하기는 했으나 어지간해선 화를 내지 않는 추망우가 무척이나 화가 난 상태라는 것을 알기에 납작 엎드렸다.

"연락도 되지 않는 것이냐? 전령은 보내봤고?"

"예, 계속해서 전령을 보내고는 있지만 그마저도 연락이 끊겼습니다."

잠깐의 침묵이 그들을 에워쌌다.

"몇 명이나 도착을 하지 않은 것이냐?"

추망우가 애써 화를 누르며 물었다.

"후발대 중, 육십 정도가……."

"육십?"

추망우가 깜짝 놀라 되물었다.

육십이라면 은검대 인원의 삼분지 일에 해당하는 수였다. 그만한 인원이 흔적도 없이 사라졌다면 분명 무슨 일이 벌어지고 있음이 틀림없었다.

"곧 움직여야 할 시간입니다. 어찌하실 생각입니까?"

팔짱을 낀 채 묵묵히 듣고 있던 호법 몽교가 물었다.

나이 서른, 개천회에서 최연소 호법에 이름을 올리고 있는
몽교는 낭인 출신의 쾌검의 달인으로 실력만큼이나 뛰어난
두뇌를 지닌 자였다.

"자넨 어찌 생각하나? 느낌이 영 좋지 않아."

"장로님과 같은 생각입니다만 지금 와서 공격을 늦추기엔
늦은 것 같습니다. 자칫 머뭇거리다 포위망 구축에 실패하면
적들이 화산에서 무사히 도망칠 것입니다. 하면 환사도문을
끌어들인 의미가 사라집니다."

"당연히 육도마존의 무공을 내놓으라 하겠고."

"거부할 명분도 없습니다. 우리가 원하는 것은 무당이나
화산이 몰살에 가까운 피해를 당하는 것이나 본산을 버리
고 도망쳤다는 것 자체가 몰락이라 해도 과언은 아니니까
요."

"하지만 앞서 말했듯 느낌이 영 좋지 않아. 전령까지 실종이
라니 이 무슨 불길한 징조란 말인가."

추망우는 쉽게 결정을 내리지 못했다.

몽교는 몇 번 정도 의견을 제시하다 입을 다물었다. 어차피
결정은 추망우가 하는 것이었고 그 역시 추망우의 신중한 자

세가 결코 틀리지 않다고 믿기 때문이었다.

그만큼 은검대 후발대의 실종은 심각한 문제이자 변수였다.

『검선마도』 8권에 계속…

초대형 24시 만화방

신간 100%, 샤워실, 흡연실, 수면실(침대석), 커플석, 세탁기 완비

■ 광명 광명사거리역점 ■

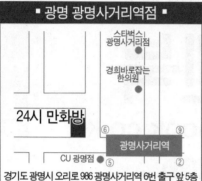

경기도 광명시 오리로 986 광명사거리역 6번 출구 앞 5층
02) 2625-9940 (솔목타워 5층)

■ 강북 노원역점 ■

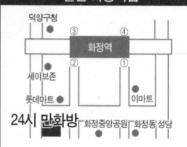

서울 노원구 상계동 340-6 노원역 1번 출구 앞 3층
02) 951-8324 (화용빌딩 3층)

■ 일산 정발산역점 ■

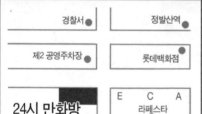

라페스타 E동 건너편 먹자골목 내 객잔건물 5층
031) 914-1957

■ 일산 화정역점 ■

경기도 고양시 덕양구 화정동 984번지 서일빌딩 7층
031) 979-4874 (서일사우나 건물 7층)

■ 부천 역곡역점 ■

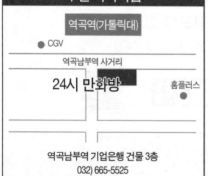

역곡남부역 기업은행 건물 3층
032) 665-5525

■ 부평역점 ■

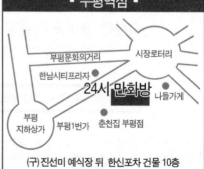

(구)진선미 예식장 뒤 한신포차 건물 10층
032) 522-2871